다시 말해 줄래요?

황승택 지음

다시 말해 줄래요?

청각을 잃자
비로소 들리기 시작한
차별의 소리들

민음사

차례

세 상 속 에 던 져 지 다

다 시 소 리 속 으 로

질병과 장애를 새롭게 바라보다

아 픈 몸 으 로 산 다 는 것

닫는 글

여는 글

내 귀에 도대체 무슨 일이?

"자, 소리가 들리는 쪽의 손을 들어 보세요." 환자복을 입고 휠체어에 앉아 있는 나에게 청력 검사실 담당 간호사가 설명을 하면서 글로 쓰인 안내문을 보여 준다. (현재 나는 들을 수 없는 상태다.) 헤드폰을 귀에 끼고 있다가 소리가 들리는 쪽의 손을 들면 되는 아주 간단한 검사다. 기억을 되살려 보니 군대 입대 전 신체검사와 직장 정기 건강검진에서 아주 쉽게 했던 일이다.

그런데 지금은 이 손쉬운 청력검사가 나를 좌절하게 만들고 있다. 앞에 있는 간호사가 기계를 작동했지만 아무런 소리도 들리지 않았다. 내 귀에는 웅웅거리는 정체 모를 소음만 들릴 뿐 그 어떤 소리도 닿지 않았다. 수십 번의 신호음이 헤드폰에 전달됐겠지만 나는 끝내 한 번도 손을 들지 못했다. 내가 아무런 소리도 듣지 못한다는 반응을 보이자 담당 간호사가 서둘러 검사를 끝냈다.

검사실을 나오면서 나는 내 귀가 더 이상 작동하지 않는다는 것을 분명히 알 수 있었다. 나는 속으로 되뇌었다 '도대체 어떻게 된 일이지?', '지금 내 귀에 무슨 일이 일어난 거야?' 소리를 잃었다는 사실이 믿기지 않았다. 또 하나의 질병이 나를 덮쳤다는 현실도 받아들이기 어려웠다. 신이 있다면 따져 묻고 싶었다.

"저는 이미 지난 4년간 세 번의 혈액암 발병으로 투병 생활을 하며 충분히 시련을 겪었습니다. 회사에 복직한 지 이제 막 1년이 되어 가는데 왜 이런 시련을 또 주는 겁니까? 이름 모를 분으로터 받은 두 번의 조혈모세포 이식을 통해 얻은 새 생명의 기회에 보답하기 위해 같은 병을 앓고 있던 환우들을 찾아 위로하고 책을 써서 인세 전액을 소아암 어린이를 위해 기부해 온 활동은 보지 못했습니까?"

절대자나 주변에 잘 보이려고 한 행동은 아니지만 내 작은 헌신마저 무시당하고 있다는 억울함을 떨쳐 낼 수 없었다. 그러나 누구를 탓해도 '왜 하필 나입니까'에 대한 답을 얻을 수 없었다. 차라리 현실을 받아들이고 절망에서 재빨리 빠져나오는 게 가장 합리적인 해결책이라는 건 그동안 긴 투병 생활을 통해 몸으로 깨달은 원리였다.

입원까지 하게 된 고열의 원인이 암 재발은 아니니까 최악은 피한 것 아니냐며 스스로를 달래기 시작했다. 다행히 마음은 빠르게 평정을 찾아 갔지만 도대체 내 귀는 왜 들리지 않게 된 걸까 하는 의문은 사라지지 않았다.

소 리 를 잃 다

고열의 습격,
패혈성 쇼크로 의식을 잃다

2020년 8월 셋째 주 주말, 미열이 시작되더니 체온이 39도를 넘어섰다. 두 딸을 키운 아빠의 경험을 바탕으로 집에 있던 각종 해열진통제를 두 시간마다 교차 복용하면서 얼음주머니로 밤새 온몸을 찜질하는 극약처방을 했다. 이런 필사적인 노력에도 체온은 전혀 내려가지 않았다. 덜컥 겁이 나 월요일에 휴가를 내고 선별 진료소로 차를 몰았다. '선별 진료소에는 자기 차로 갈 것. 주변인과의 접촉을 최소화할 것.' 기자로서 뉴스를 만들며 수없이 되뇌었던 원칙이다.

힘들게 줄을 서서 코로나 검체 채취를 했지만 검사 결과가 열두 시간 후에 나오기 때문에 집에 오자마자 자가 격리에 들어갔다. 아이들과 접촉을 제한하고 화장실과 식기도 따로 쓰기 시작했다. 다행히 다음 날 오전, 코로나 음성이라는 결과가 나왔지만 좀처럼 떨어지지 않는 열은 계속 나를 불안하게 했다.

고열을 견디기 어려워 이튿날 회사에 하루 더 휴가를 내고 동네 이비인후과를 찾았다. 의사는 중이염 같다며 항생제를 처방했다. 그러나 열은 내리지 않았고 고열로 잠을 이루지 못해 수면제를 먹었더니 다음 날 아침에 환영을 보고 가상의 인물과 대화까지 했다.(나중에 확인해 보니 아내에게 전화를 해서 당최 알아들을 수 없는 소리를 했다고 한다.)

도저히 이대로는 견딜 수 없다는 판단을 내리고 여행 캐리어에 입원 짐을 싸기 시작했다. 4년간 항암 치료를 위해 수십 번 쌌던 탓에 머리가 아니라 몸이 필요한 물건을 기억했다. 택시를 불러 서둘러 서울에 있는 대학병원으로 향했다. 코로나 음성 판정을 받았다는 결과지를 보여 줬음에도 고온이 지속되자 코로나 검사를 한 번 더 받아야 했다. 그 와중에 상태가 위중해 보였는지 다행히 응급실 한 자리가 배정됐다. 환자복으로 옷을 갈아입고 침대에 눕자마자 까무룩 의식을 잃었다.

의식이 잠깐 돌아왔을 때 기억나는 건 갑자기 내 몸이 이동 침대에 실렸고 의료진이 "정신 드세요?"라며 볼을 쳤고 목 정맥에 주사제를 놓을 혈관이 잡혔고 내 의지와 상관없이 소변 줄이 꽂혔다는 거였다. 응급실에 누워 있던 기억을 떠올리며 '왜 나를 여기에 데리고 왔지? 이렇게 추운데.'라며 속으로 짜증을 냈다.(진단서를 살펴보니 당시에 급격한 고열과 탈수 등으로 패혈증 쇼크가 왔다. 패혈증은 신체가 미생물에 감염되어 발열, 빠른 맥박, 호흡수 증가 등의 전신에 걸친 염증 반응이 나타나는 상태로 심할 경우 장기 손상으로 사망에 이르기도 한다.) 이후 의식은 다시 끊겼다.

　　몇 시간이 흘렀는지 시간을 가늠하지 못하고 다시 눈을 떴을 때 침대 옆에 익숙한 실루엣이 보였다. 엄마였다. 나는 "엄마 어떻게 알고 여기로 왔어."라는 말을 하고 다시 의식 저편으로 넘어갔다. 나중에 듣기로 엄마는 오후에 전화를 받고 전북 익산에서 KTX를 타고 저녁때 병원에 도착했다고 한다. 내가 의식을 잃어 의사소통이 불가능해지자 병원에서 내가 적어 낸 보호자 연락처로 전화를 했고 아내는 아이들을 돌봐야 했기에 엄마가 병원에 오시게 됐던 것이다.

소리를 잃었다고 선고받다

다행히 긴급 입원 후 사흘째부터 바이탈사인이 어느 정도 안정을 찾았고, 나는 응급실에서 이비인후과 병동으로 이송됐다. 매일 뉴스를 다루던 기자에서 또다시 하루 종일 병실에 있는 환자로 신분이 바뀐 셈이다. 이후 MRI와 CT, 혈액검사 등이 추가로 진행됐고 '화농성 중이염'이라는 진단을 받았다.

우선 항생제를 주축으로 한 표준 치료와 귀에 넣는 약도 처방됐다. 확실한 병명은 나왔지만 입원 생활은 갈수록 힘이 들었다. 귀에서는 진물이 끊이지 않고 흘러나왔다. 이비인후과 용어로는 이루(耳漏)라고 하는데, 예쁜 어감과 달리 실체는 아주 지저분했다. 병상 침대 위에 누우면 노란색 고름과 핏물이 섞인 이루가 속절없이 쏟아져 베갯잇은 물론이고 침대 시트를 적셨다. 매일 아침 베갯잇과 침대 시트를 갈아야 했다. 비록 환자지만 깨끗하지 못한 모습이 드러나는 건 내키지 않았다.

　그러던 와중에 입원 닷새째 되던 날 갑자기 소리가 들리지 않았다. 나는 대수롭지 않게 생각했다. 진물이 이렇게 많이 나올 정도로 귀에 염증이 있으면 소리가 안 들리는 건 당연한 일, 치료를 받으면 소리를 듣는 데 문제가 없을 거라고 생각했다. 휴대폰으로 검색해 보니 대다수 급성중이염은 항생제와 약물치료로 호전된다고 설명하고 있었다. 낙관적인 내 예상과 달리 항생제를 투여받고 귀에 물약을 넣어도 이루는 계속 나왔다. 며칠간 지속된 치료에도 증세에 차도가 없자 주치의는 항생제가 듣지 않기 때문에 수술로 양쪽 귀의 염증을 제거해야 한다고 진단했다. 휴대폰으로 확인한 의학 정보는 불행히도 내 경우에는 해당되지 않았다. 현재 내 양쪽 귀 안에는 정체 모를 균이 가득 차 있고 이 균이 달팽이관에 소리를 전달하는 유모 세포(귀와 관련된 기관과 세포는 왜 이리 이름은 예쁜지)를 손상시켜 소리를 들을 수 없는 상태라는 설명도 뒤따랐다. 그러면서 염증 제거 수술을 하고 3개월 뒤 청력 회복을 위한 수술을 하면 소리를 다시 듣는 데 큰 문제가 없을 거라고 주치의는 수첩에 써 줬다. 태어난 지 42년 만에 당분간 소리를 듣지 못한다는 공식적인 선고를 받은 셈이다.

　다행인지 모르겠지만 당시에는 소리를 듣지 못하는 불편함과 다시 청력을 회복할 수 있을까라는 걱정이 머릿속에 자리잡을 틈이 없었다. 입원 직후부터 끝모를, 지하탄광만큼 바닥을 치고 있는 몸 컨디션이 다른 사념을 압도했다. 소리와 몸의 평형감각을 담당한다고 중학교 생물 시간에 배웠지만 평소에는 어디에 있는지 관심도 없었던 조그만 달팽이관의 고장은 거대한 신체를 마치 조종간이 고장 난 비행기처럼 순식간에 추락시켰다.

심각한 어지럼증과 두통은 깊은 수면을 허락하지 않았다. 밤새 뒤척거리다 지쳐 멍한 상태로 하루를 보내고 다시 잠자리에 들어도 머릿속을 채우는 이명과 회전목마를 타고 있는 듯한 어지럼은 금세 나를 의식의 세계로 끌어냈다. 새벽 1~2시부터 아침까지 침대에서 뒤척이는 날이 계속됐다. 너무 고통스러워 최대 용량의 수면제를 처방받아 먹었지만 소용이 없었다. 그렇다고 낮 시간에 낮잠을 잤다간 밤에 더 잠을 못 잘 것 같아 수면을 보충할 수 없었다. 수면 부족이 컨디션을 악화시키고 악화된 몸 상태가 두통을 증폭시키는 악순환이 계속됐다. 소리를 듣는 것보다 한 시간이라도 제대로 자고 싶다는 욕구가 나를 놓아주지 않았다.

인생 첫 외과수술

태어난 후 처음 받아 보는 외과수술 시간이 다가오자 4년간 항암 치료를 하며 무수히 많은 검사와 시술, 두 번의 조혈모세포 이식수술을 했던 나도 사뭇 긴장이 됐다. 수술 전담 간호사가 오늘 밤 12시부터 금식이며 수술이 시작될 때까지 물 한 모금도 마시면 안 된다고 엄포를 놓았다. 병상 위에도 '수술 환자 12시간 금식'이라는 위력적인 푯말이 붙었다.

그날 밤 11시까지 배에 먹을 수 있는 걸 최대한 채웠다. 내일 수술이 오후 2시경으로 잡혀 있으니 아침에 일어나 최소 여덟 시간은 버텨야 했기 때문이다. 수술 당일 아침 "수술복 먼저 갈아 입으세요."라는 지시에 따라 영화에서만 보던 도톰한 녹색 상의를 입었다. 옷 양옆이 휑하니 뚫렸는데 그 공백을 단추나 지퍼가 아닌 끈이 메웠다. 어떤 부위를 수술하든 쉽게 그 부위를 찾고 또 수술 중 출혈에 대비하기 위한 구조 같았다.

이윽고 시간이 흘러 드디어 환자 이송 요원이 병실로 왔다. "황승택 환자 수술실 이동합니다." 내 몸은 이동 침대에 실려 수술실로 향하기 시작했다. 보호자가 함께 갈 수 있는 마지막 문 앞에서 영화처럼 엄마 손을 꼭 잡고 "엄마, 너무 걱정하지 마, 금방 끝나는 간단한 수술이야."라며 애써 웃어 보였다. 내가 의연한 모습을 보여야 엄마가 조금이라도 걱정을 덜할 거라는 생각에서 나온 행동이었다.

수술 담당 스태프들이 신원을 확인하고 오늘 하게 될 수술을 설명한 후 내 몸은 드디어 영화 속에서 보던 커다란 수술실로 옮겨졌다. 방 천장에는 커다란 조명등이 있었고 집도의를 비롯한 여러 의료진이 대기하고 있었다. 차갑고 넓은 수술대 위에 눕자 심장박동과 호흡을 체크할 기계들이 장착되었다. 마취과 의사가 투명 마스크를 들고 와서 "편하게 숨 쉬세요."라는 종이를 보여 준 게 수술실에서의 마지막 기억이다.

게슴츠레 눈을 떴을 때는 이미 다섯 시간이 흘러 있었고 의료진은 내 몸을 살짝 흔들면서 "황승택 씨 일어나세요. 다시 잠들면 안 돼요."라며 깨웠다.(글씨가 쓰인 종이로 전달한 말이다.) 몽롱한 의식을 다잡으며 시간을 가늠해 보려 했지만 중간에 기억이 통째로 사라진 터라 수술이 끝난 게 맞는지 의구심마저 들었다. 하지만 병실로 옮겨진 후 마취가 풀리면서 찾아온 극심한 통증은 내가 꿈을 꾼 게 아니라 수술을 받았다는 걸 확인해 줬다.

소리를 잃자
보호자가 필요해졌다

수술 부위의 통증 때문에 새벽에 저절로 눈이 떠졌다. 내 병상 옆 조그만 간이침대에 엄마가 몸을 웅크리고 주무신다. 일흔 살도 넘은 엄마가 40대 초반 아들을 돌보는 보호자가 되다니. 둘의 처치가 바뀌어야 보통인데 지금은 내가 수술했다는 이유로 큰 침상을 떡하니 차지하고 있다. 마음 같아서는 자리를 바꾸고 싶지만 엄마가 절대 허락하지 않을 게 뻔하다. 지금 병실이라는 공간에 나와 엄마가 같이 있다는 게 좀처럼 익숙해지지 않는다. 약 4년에 걸친 긴 투병 생활 동안 나는 입원 기간 대부분을 혼자 지냈다.

보호자 없는 입원 생활이 가능했던 건, 내가 위암, 간암처럼 장기에 암 조직이 생긴 고형암 환자가 아니라 혈액 관련 세포에 암이 발생한 혈액암 환자였기 때문이다. 고형암 환자는 암이 생긴 조직을 절제하는 외과적 수술을 많이 해서 수술 직후에는 거동하기가 어렵기 때문에 보호자의 간병이 필수적이다. 반면 나는 지독하게 강한 항암제 부작용으로 며칠간 고열에 시달리거나 방사선 치료 부작용으로 입안이 헐기는 해도 다행히 입원 기간 내내 스스로 몸을 움직일 수 있었다. 컨디션이 좋을 때는 인터넷 쇼핑으로 주문한 물건을 병원 지하에 있는 무인 택배함에서 직접 가져오는 등 자급자족 병원 생활을 했었다.

나는 이것이 오히려 더 편했다. 4년이라는 긴 시간 동안 항암 약물치료를 받으러 입원할 때마다 보호자가 병원에 상주하는 건 쉽지 않은 일이고 그럴 여력도 없었다. 아내는 회사에 다니면서 손이 많이 가는 어린 두 딸을 동시에 돌봐야 했고 부모님도 상경하셔서 아이들 어린이집, 유치원 등하원을 도와주셔야 했다. 이런 상황에서 보호자가 병원에 상주하는 건 큰 전력 손실이었다. 나는 아버지가 일주일에 한 번 세탁된 속옷과 수건을 가져다주시면 그걸로 충분했다. 그래서 가족들에게 병원에 오지 말아 달라고 미리 선포했다.

보호자가 병실에 같이 없어서 좋은 점도 있었다. 환자가 치료 도중 힘든 순간이 올 때 그 과정을 보호자가 보지 않아도 됐다. 보호자가 환자의 고통을 대신할 수도 없는 데다 신경이 예민해진 환자는 자신의 답답함을 보호자에게 쏟아 내는 경우를 많이 봤다. 그래서 병원과 관련된 일은 내가 알아서 하기로 마음먹었다. 스스로 차를 몰고 와서 입원을 하고 퇴원할 때도 몸이 괜찮으면 직접 차를 몰고 갔다. 나는 이런 셀프 입퇴원이 전혀 서글프지 않았다. 오히려 가장의 역할을 못 하고 있는 내가 가족에 대한 미안함을 덜 수 있는 좋은 기회라고 여겼다. 그래서 보호자와 함께 있는 환자를 볼 때마다 부러워하기는커녕 '황승택 넌 혼자서도 잘하고 있어.'라며 자신을 대견해했다.

그런데 급성중이염은 내가 지켜 온 환자로서의 자존심에 상처를 입혔다. 병원에 도착하자마자 의식을 잃어서 입원 당일부터 엄마가 호출됐다. 몸이 조금 회복된 후에도 청력을 잃은 탓에 의료진과 의사소통을 하려면 보호자가 반드시 상주해야 하는 상황이 되어 버렸다. 거기에 양쪽 귀 뒤를 절제하고 염증을 제거하는 수술을 한 이후에는 절대 안정이 필요해서 보호자의 조력은 선택이 아닌 필수 조건이었다. 급성중이염은 여러모로 마음에 안 드는 놈이다.

차라리 항암 치료가 쉬웠다

여는 글에서 간단히 소개했지만 나에게 입원은 아주 익숙한 일이다. 2015년 10월 30일 혈액암 첫 진단을 받은 후 2차, 3차 재발이 있었고 두 차례의 조혈모세포 이식수술을 했다. 조혈모세포 이식을 위해서는 약 세 번의 집중 항암 치료 기간이 필요하다. 혈액암이 세 번 발병했다는 건 최소한 아홉 번 이상의 항암 치료를 받았다는 뜻이다. 특히 조혈모세포 이식 직전과 직후에는 현재 코로나 환자가 입원하는 음압 격리실보다 더 좁고 보안이 철저한 두 평짜리 무균실에 들어가서 3주 정도를 지내야 했다. 이 오랜 입원 기간을 버틸 수 있게 해 준건 책과 음악이었다.

기자라는 직업과 문과 출신이라는 성향이 겹치면서 비록 몸은 병동에 갇혀 있지만 누구의 방해도 받지 않고 독서를 할 수 있는 건 행복했다. 각종 현대소설부터 평소에 읽지 못한 고전소설까지, 학창시절에도 읽지 못했던 책을 집중해서

읽을 수 있었다. 또 병원의 진료 시스템과 간호사, 의사 등 의료진을 환자가 되어 기자의 시선으로 바라볼 수 있었던 기회도 무료한 병원 생활을 견디는 활력소였다.

음악도 한없이 더디게 지나가는 병실에서의 시간을 위로해 주는 좋은 동반자였다. 골수검사나 척수강 검사처럼 주삿바늘을 뼛속에 집어 넣어서 검체를 채취한 후에는 네 시간을 침대에 그대로 누워 있어야 한다. (검사를 위해 뚫은 미세한 구멍으로 척수액이나 뇌척수액이 흘러나오는 것을 방지하기 위한 조치다.) 평소에 잘 안 듣던 클래식을 집중해서 듣다 보면 긴 시간이 빨리 흘러갔다. 또 화창한 날씨에 병원에 있는 내 처지가 우울하다고 느껴질 땐 90년대 가요나 최신 음악을 들으며 스스로를 위로했다.

하지만 화농성 중이염은 이 모든 것을 앗아 갔다. 수술 직후부터 귀에는 엄청난 크기의 이명이 들리기 시작했다. 마치 에어컨 실외기를 귀에 대고 틀어 대는 것 같았다. 음악과 라디오, 팟캐스트 등 소리로 만든 콘텐츠는 고사하고 더욱 심해진 어지럼증 때문에 티브이조차 5분 이상 볼 수 없었다. 한마디로 병실에 누워 있는 것 말고 딱히 할 것이 없었다. 환자에게는 너무나 가혹한 형벌이었다. 거기에 입원 기간마다 내게 힘을 주었던 두 딸과의 통화나 영상 통화도 소리를 들을 수 없어 무용지물이 되어 버렸다.

화농성 중이염이 빼앗아 간 것은 단순한 신체 기능이 아니라 타인 혹은 외부와 내가 연결되어 있다는 소속감이었다. 예전처럼 SNS로 내 생각을 표현하고 카카오톡으로 안부를 물을 순 있었지만 내가 원할 때 누군가와 직접 통화할 수 없고 병원에서도 의료진과 소통하기 위해 보호자나 메모지의 힘을 빌려야 하는 순간을 맞닥뜨릴 때마다 불쑥불쑥 나는 청인(聽人)을 기준으로 설계된 이 세상에 속할 수 없는 부적격자가 된 것 같은 절망감에 휩싸였다. 예전의 나와 달라진 건 한시적으로 소리를 들을 수 없게 됐다는 신체 기능 장애였지만 생존율을 따지는 치료를 하던 항암 치료 과정보다 마음은 더욱 괴로웠다.

　그러다가 일부 회사가 직원을 내보내기 위해 어떤 업무도 주지 않고 복도에 빈 책상과 노트만 준다는 걸 뉴스에서 본 기억이 떠올랐다. 그 당시에는 회사가 저렇게 나오면 끝까지 버티면 되지 왜 중간에 사람들이 그만둘까라고 의아해했었다. 하지만 내 일과 동료로부터 멀어지고 사랑하는 가족과도 소통할 수 없는 소외감을 직접 경험한 후 정서적 고립감이 사람을 더욱 빨리 지치고 피폐하게 만든다는 걸 뼈저리게 느꼈다.

　「캐스트 어웨이」라는 영화에서도 이와 비슷한 장면이 등장한다. 주인공 척 놀랜드 역을 맡은 톰 행크스는 항공기

사고로 무인도에 홀로 고립된다. 무인도에서 뗏목을 만들어 탈출하는 과정에서 유일한 벗으로 삼았던 윌슨(배구공)이 파도에 떠내려가자 톰 행크스는 마치 가족을 잃은 것처럼 울부짖었다. 당시에는 관객을 몰입하게 해 주는 좋은 설정과 톰 행크스의 원숙한 연기력이 돋보였다고 평가했던 장면이 지금은 가슴으로 충분히 이해할 만한 순간으로 바뀌었다. 무인도에서 유일한 말 상대였던 윌슨은 단순한 배구공이 아니라 톰 행크스가 절망과 좌절에 빠지지 않도록 기댈 수 있던 상호 소통 대상이었다.

현대 의학은 장애와 질병의 치료 과정에서 신체 기능과 내외부의 상처를 봉합하는 것에 치중하면서 당사자가 정신적으로 고립되지 않도록 하는 정서적 배려에는 무심하다. 우리나라 유수의 대학병원에서 항암 치료로 3년 9개월, 청각 수술과 재활로 1년 가까이 치료를 받으면서 정서적인 부분을 케어받은 적이 없다. 정 힘들면 정신안정제를 처방해 줄 수 있다는 안내를 받아 본 적이 딱 한 번 있을 뿐이다.

질병과 장애라는 긴 터널을 벗어나는 지난한 과정에서 겪어야 할 소외감을 더 이상 환자 개인의 의지와 가족에게만 맡겨서는 안 된다. 소통하지 못하고 소외된 인간은 한없이 나약해지고 자신에게 닥친 시련과 부딪칠 의지가 먼저 무너져 내리기 쉽다.

병원 복도에서 우주 유영

　　수술의 극심한 통증이 사라지고 몸을 움직일 수 있게 되자 각종 주사 약물이 매달린 보조 장치를 한 손에 잡고 병실 복도로 나섰다. 오랜 투병 경험 덕분에 몸을 움직여 신체 기능을 조금이라도 제 궤도에 올리는 것이 가장 빠른 회복 방법이라는 것을 깨우쳤기 때문이다.

　　갑작스레 응급실에 입원하면서 한동안 침대에 누워 있느라 내 몸에서는 근육 손실이 빠르게 진행됐다. 72킬로그램이던 몸무게는 단 며칠 만에 60킬로그램이 됐고 양다리는 앙상한 나뭇가지처럼 야위었다. 하루라도 빨리 퇴원을 하기 위해서라도 몸이 허락하는 한 운동을 해야 했다.

　　운동을 하고자 하는 의지가 아무리 강해도 코로나로 면회가 전면 금지되고 병동 밖 출입은 더욱 엄격하게 제한된 상황에서 환자에게 허락된 최대치의 운동은 병실 복도 걷기다. 식사 전후 시간대에는 그 복도도 붐비기 때문에 아침 일찍 운동 채비에 나선다. 나는 이 운동을 '복도 우주 유영'이라고 명명하기로 했다.

우선 두 동작의 움직임이 비슷하다. 수술 직후 엄청난 굉음이 들리는 이명 현상에다 평형감각마저 사라지면서 뭔가에 의지하지 않으면 몸이 한쪽으로 쏠렸다. 그래서 수액을 매단 보조 장치(정식 명칭은 '바퀴 링거대')를 한 손으로 꼭 잡고 밀면서 다른 한 손은 균형을 잡기 위해 쭉 편 상태가 된다. 이 어색하고 어정쩡한 자세로 복도를 걷게 되면 마치 공기 저항 없이 우주 공간에서 쭈욱 밀려가는 우주인의 유영처럼 복도 위를 둥둥 떠다니는 느낌이 든다.

실제로 '복도 걷기'와 '우주 유영'은 움직임뿐 아니라 위험을 동반한 행위라는 속성도 공유한다. 우주라는 공간은 위험하기 때문에 우주인도 꼭 필요한 경우에만 제한적으로 우주유영을 한다. 예를 들어 로봇 팔로 수리할 수 없는 우주선의 고장이나 중요한 우주복의 기능을 테스트할 때만 우주선 밖으로 나가 우주 유영에 나선다. 비장애인에게는 너무 쉬운 복도 걷기지만 지금 상태의 나에게는 우주 유영 못지않은 위험이 도사리고 있다. 평형감각을 상실해서 비틀거리고 다리 근육도 손실돼 힘이 없는 상태에서 자칫 미끄러지거나 넘어지면 크게 부상을 당할 수 있다. 그럼에도 운동을 하지 않으면 퇴원 시간은 하염없이 뒤로 늦춰지고 몸의 회복도 지체되기 때문에 '복도 우주 유영'은 반드시 필요하다. 몸이 허락하는 한 위험한 '복도 우주 유영' 시간을 포기할 수 없는 이유다.

고통에 우선순위는 없다

　　최근 생존율이 많이 높아졌지만 2015년 10월에 처음 발병한 혈액암은 치료 과정에서 생과 사를 오가는 순간에 직면하는 경우가 많은 질병이다. 내가 치료를 받던 병원에는 독립된 건물 한 동 전체가 암 환자들을 위해 지어졌다. 암 병동에 입원하여 항암 치료를 하면서 옆 병실에서 환자의 죽음과 오열하는 가족을 종종 목격하기도 했다. 죽음이 특이한 일이 아니라 일상 같았던 암 병동에 익숙해져 있던 터라 이번에 처음 와 본 이비인후과 병동 분위기는 조금 낯설었다.

　　이비인후과 병동에서는 극소수의 고령 환자들을 제외하고 대다수 환자들이 스스로 움직일 수 있었다. 반면 암 병동은 나이 고하를 막론하고 병상에 누워만 있는 환자가 많았다. 암 병동 환자들은 암 조직을 제거하기 위해 외과적 수술을 많이 해서 붕대를 한 범위가 넓고 다양했는데 이비인후과 병동 환자들은 대개 귀나 이마 쪽에만 붕대를 하고 있는 점도 사뭇 다른 풍경이었다.

그래서일까. 처음에는 이비인후과 병동에 입원한 환자들의 고통은 암 환자에 비해 그리 크지 않을 것이라고 생각했다. 이비인후과 환자들은 항암제처럼 독한 약물이 몸에 들어가는 것도 아니고 골수검사처럼 큰 바늘을 뼛속에 집어넣는 검사도 없지 않은가. 이런 나이브한 생각은 내가 수술을 받고 나서 산산이 깨졌다.

양쪽 귀에서 고름을 제거하는 수술이 끝났음에도 소리는 계속 들리지 않았다. 대신 귀에서는 공사판 최대치 소음에 해당하는 윙윙 소리가 들렸다. 시도 때도 없이 흐르는 귓속 분비물과 소음은 매 순간을 고통스럽게 만들었고 20여 일간 계속된 불면증은 나를 그로기 상태로 몰고 갔다. 4년간 항암 치료를 받으며 겪은 고통이 순간적 최대치를 찍고 평온해지는 A자 곡선이라면 화농성 중이염으로 인한 불편은 전혀 경감되지 않은 채 한 달의 입원 기간 내내 지속되는 평행선이었다. 고백건대 정신적 신체적 고통의 체감 절대치는 이번 한 달이 지난 4년의 항암 치료 기간을 능가했다.

내가 이비인후과 병동 환자들의 고통은 그리 크지 않을 거라고 예단한 것처럼 우리는 의사라는 단어에 심각한 사고로 목숨이 위험한 환자를 구하는 외과 전문의를 대입하는 경우가 많다. 현실에서는 이국종 교수, 드라마에서는 '낭만 닥터 김사부'처럼 사경을 헤매는 환자를 기적처럼 살려 내는 사람을 참의사로 상정한다.

10년 넘게 아토피로 고통받아 온 환자를 치료해 준 피부과 의사와 교통사고로 의식을 잃었던 환자를 수술로 회복시킨 의사, 수십 년간 소리를 듣지 못하던 환자에게 수술로 청력을 회복시켜 준 의사에게 해당 환자들이 느끼는 고마움의 크기를 어떻게 상대적으로 비교할 수 있을까. 얼핏 생각하기에는 당연히 의식을 잃었던 환자를 치료한 의사의 공이 제일 커 보이지만 10년 넘게 아토피로 고생하던 환자가 겪었을 고통의 무게, 청력 회복 수술 전까지 수십 년간 소리를 듣지 못했던 환자가 일상생활에서 느꼈을 불편과 차별의 아픔은 생사의 기로를 마주했던 환자의 고통 못지않게 환자의 삶을 위태롭게 했을 것이다.

같은 맥락에서 그동안 장애를 등급으로 분류하고 그 등급에 따라 지원 범위를 구분해 온 장애 등급제 폐지는 바람직한 변화다. 장애의 등급은 행정적으로만 분류 가능할 뿐 장애가 없는 신체를 기준으로 설계된 사회에서 장애인이 지닌 개별적 장애의 고통은 성적표처럼 분류 가능한 대상이 아니었다.

과거 장애 등급제에 따르면 휠체어를 이용하는 지체 장애 3급인 B씨는 휠체어 리프트가 장착된 장애인 콜택시를 이용하고 싶어도 이용 대상이 장애 1~2급으로 한정되어 있어 이용이 불가능했다. 다행히 장애 등급제가 폐지되면서 장애인콜택시 이용 대상이 실질적으로 이동이 제한되는 장애인으로 개편됨에 따라 B씨도 장애인 콜택시 이용이 가능해졌다.[○]

　　장애 등급도 장애인이 감당하고 있는 삶의 무게를 반영하지 못하듯 질병의 이름 역시 환자가 겪는 고통의 크기를 정해 주지 않는다. 질병과 장애 당사자의 목소리를 경청하려는 자세와 그들의 아픔을 이해하려는 적극적 노력이 동반될 때 촘촘한 사회안전망이 만들어질 수 있다. 질병과 장애를 등급으로 예단하려는 오만은 위험하다.

○ 김동기 목원대학교 사회복지학과 교수,
「장애 등급제 폐지: 의미와 현실, 그리고
그다음, 미래」 기고글 사례 인용.

소리 없는 감옥을 버티는 힘

수술이 끝나고 시간이 지날수록 어지럼증이 조금씩 가시면서 티브이를 보는 시간도 차츰 늘어났다. 말소리는 들을 수 없기에 화면 자막 기능으로 티브이를 보다 보니 화면에 나오는 사람의 입 모양보다 자막이 한 박자 늦게 나오는 불편은 있었지만 화면을 1분도 보기 힘들었던 상황과 비교하면 장족의 발전이었다.

이렇게 차츰 소리 없는 생활에 적응해 가는 와중에도 나는 영영 소리를 못 듣게 되는 건 아닐까 하는 공포에 휩싸이지는 않았다. 머리가 조금만 아파도 혹시 뇌종양 증세가 아닌지, 이유 없이 배가 아프면 맹장염이 아닌지 걱정했던 어린 시절이라면 영구적 청력 손실에 대한 두려움이 나를 집어삼켰을지도 모른다. 하지만 원치 않았던 4년간의 항암 투병 생활은 마치 백신처럼 내가 필요 이상의 걱정에 휩싸이지 않을 정신 면역력을 키워 놓았다.

혈액암 판정을 받고 죽음이라는 단어는 추상적 관념에서 실체적 가능성이 되었다. 항암 치료를 시작하기 전 예고된 무수히 많은 부작용. 조혈모세포 이식이 실패했을 경우의 위험성 등 내가 거쳐 온 치료 과정은 생명을 걸고 하는 도박이었다. 청력이 영구히 회복되지 않는다면 자라나는 아이들의 목소리를 듣지 못하고 음악이 내 삶에서 없어지겠지만 어쨌든 삶 자체가 위협받는 것은 아니라는 판단이 공포심을 희석시켰다.

또 최악의 경우를 미리 걱정해 봐야 이로울 게 전혀 없다는 인생 신조도 소리 없는 감옥에 갇힌 시간들을 버티는 힘이 되었다. 만약 생존율이 20퍼센트인 질병에 걸렸다면 내가 나머지 80퍼센트에 속하는 것 아니냐는 걱정보다 최선을 다해 내가 20퍼센트에 들겠다는 의지가 정신 건강에도 유리했다. 아직 일어나지 않은 일을 걱정하기보다 지금 내가 있는 자리에서 할 수 있는 최선을 다하자는 태도가 지난한 투병 생활에서 나를 구원해 왔었다.

의사와 환자의 신뢰감, 소위 말하는 '라포'가 단기간에 형성된 것도 행운이었다. 지금 주치의는 내가 겪은 의사 가운데 가장 근엄해 보이고 말수도 없었지만 군더더기 없고 필요할 말만 하는 태도로 오히려 나에게 묘한 신뢰감을 심어 줬다. 1차 수술 직후 3개월 뒤에 청력 회복을 위한 2차 수술을 하면 소리를 다시 들을 수 있을 것이라고 써서 건네준 담백한 메모는 망망대해에서 명확한 도착지를 가리키는 나침반 같았다. 지금 내가 할 수 있는 건 2차 수술을 잘 받기 위한 최상의 컨디션을 유지하는 것이다. 병실 밖으로 나가 '복도 우주 유영'을 한바탕해야겠다.

암 투병 동지
긴즈버그 대법관을 기리며

통증이 어느 정도 가라앉고 퇴원일이 다가오자 문득 나의 투병 생활을 정리해 봐야겠다는 생각이 들었다. 2015년 10월 혈액암 1차 발병, 2016년 2월 1차 조혈모세포 이식, 2016년 12월 2차 발병, 2017년 2월 3차 발병, 2018년 4월 2차 조혈모세포 이식. 3년 9개월의 투병 끝에 2019년 7월 감격적인 회사 복직, 그리고 1년 만인 2020년 8월 화농성 중이염으로 다시 수술 후 3주간 입원. 3개월 후 청력 회복 수술 예정. 써 놓고 보니 질병이 최근 5년간 내 삶을 얼마나 짓눌러 왔는지 실감이 났다.

그럼에도 저 긴 세월을 뚫고 다시 제자리에 돌아올 수 있었던 원동력은 낙천적 성격과 회복에 대한 강력한 의지를 꼽을 수 있다. 혈액암 투병 기간에는 간호사들이 혀를 내두를 정도로 병실 복도에서 걷기운동을 했고 심지어 면회도 안 되는 이식 병동 두 평짜리 무균실에서도 아령과 운동기구를 싸들고 가서 꾸준히 운동을 했다. 그 당시에 미국 루스 베이더 긴 즈버그 대법관도 암 투병을 하면서 고령의 나이에 개인 전담 코치와 함께 체육관에서 운동을 계속하고 있다는 국제 뉴스를 보고 동질감을 느끼기도 했다. 그런데 그녀가 2020년 9월 87세 의 나이로 세상을 떠났다는 뉴스가 들려왔다.

긴즈버그 대법관과는 당연히 일면식도 없었지만, 항암 동지로 연대감을 느꼈던 사람을 잃었다는 슬픔이 밀려왔다. 암 투병 경험자들은 비록 얼굴을 모르는 관계일지라도 보이 지 않는 끈으로 연결되어 있다. 그래서 얼굴 한번 보지 않은 환우가 사망했다는 소식을 들어도 감정이 크게 요동친다.

뒤늦게 그의 발자취를 찾아봤다. 긴즈버그는 1933년생으 로 유대인, 여성이라는 사회적 제약을 뚫고 1993년 역사상 두 번째 여성 대법관에 임명되어 2020년까지 여성과 소수자 편 에 서서 의미 있는 판결을 해 왔다. 많은 사람들이 "판사는 그 날의 날씨가 아닌 시대의 기후를 고려해야 한다.", "내가 남 성 친구들에게 부탁하는 것은 단지 여성의 목을 밟고 있는 발 을 치우라는 것이다."라는 발언으로 그의 당당함을 기억한 다. 또 1996년 버지니아 군사학교가 남성 생도의 입학만을 허 용하는 것은 위헌이라는 판결과 2012년 이성 부부가 누리는 혜택을 동성 부부는 받을 수 없도록 한 '결혼보호법'의 위헌 판결은 그를 진보의 아이콘으로 인식시켰다.

하지만 나에게는 그의 화려한 언변, 경력, 판결보다 투병 경력이 더 크게 다가온다. 긴즈버그 대법관은 1999년 결장암, 2009년 췌장암, 2018년 폐암, 2019년 다시 췌장암과 싸웠다. 2020년 7월 5번째 암 투병 사실을 밝히면서 "나는 일할 수 있는 한 법원 일원으로 남아 있겠다."라고 말했다.

그의 당당한 인터뷰에 비하면 귀 수술을 마치고 복직하면 내가 기자라는 직업을 계속할 수 있을까 하며 나약해졌던 자신을 반성하게 된다. 그는 비록 하늘로 돌아갔지만 투병 동지이자 롤모델을 잃었다는 슬픔 대신 병마도 막지 못한 불굴의 정신을 기억하며 살아가겠다고 의지를 다진다.

세상 속에 던져지다

병원 밖은 정글이었다

　　태어나 처음 받아 본 전신마취 후 외과수술을 마치고 입
원한 지 20여 일 만에 퇴원을 했다. 향후에 예정된 재수술에
대비하여 최선의 몸 상태를 유지하기 위해 아내의 양해를 받
아 집 대신 본가로 가기로 했다. 부모님의 도움을 받아 택시
와 KTX를 타고 전북 익산 본가에 도착한 후 나의 힘겨운 고
난은 시작됐다. 병원에서 진료나 검사를 받기 위해 이동할 때
는 환자를 위해 턱이 없이 설계된 건물에서 이송 전담 요원이
휠체어에 태워 줬지만 병원 밖에서는 이런 도움을 기대하기
어려웠다. 이동의 제약뿐만 아니라 수술 후유증도 문제였다.
달팽이관이 제 기능을 못 해 평형 감각이 현격히 떨어지면서
다른 사람이 부축을 해 주지 않으면 똑바로 걷기조차 어려웠
다. 병원은 환자들의 낙상을 방지하기 위해 복도에도 손으로
몸을 기댈 수 있는 난간이 있었지만 집을 나서니 안전 난간
대신 온갖 장애물이 나를 막아섰다.

지금의 몸 상태에서 한 발짝이라도 더 나아지려면 위축된 근육을 회복하고 수술로 손상된 평형감각에 적응해야 했다. 왜 벌써 움직이느냐는 부모님의 걱정을 뒤로하고 집 앞에 있는 편의점 갔다 오기를 1차 목표로 삼았다.

심호흡을 하고 호기롭게 현관문을 열고 아파트 엘리베이터를 향해 걸었다. 평소에는 의식조차 하지 않고 걸었던 아파트 복도는 지금의 나에겐 과하게 미끄러웠다. 현관문에서 고작 1미터도 안 되는 거리를 혹 넘어질세라 아이가 걸음마를 배우듯 조심스럽게 아장아장 걸었다. 입원 기간 어지럼증으로 침대에 많이 누워 있던 탓에 젓가락처럼 앙상해진 다리가 체중을 지탱하지 못하여 자칫 낙상할 위험도 커서 양쪽 손에 등산용 스틱도 들었다.

힘겹게 엘리베이터를 타고 아파트를 나서자마자 새로운 장애물이 등장했다. 청각과 평형감각이 정상일 때는 보도의 경사를 전혀 인식하지 못했었는데 양손에 스틱을 들고 보도로 나가 보니 현관 입구 쪽 보도는 휠체어가 드나들기 편하도록 경사가 져 있었다. 바닥이 조금만 기울어도 균형을 잡을 수 없을 정도로 어지러웠는데 시각 장애인도 아마 비슷한 어려움을 느낄 거라는 생각이 들었다.

집 앞에서 편의점까지의 실제 거리는 100미터 남짓이지만 지금의 나에겐 마치 1킬로미터처럼 느껴졌다. 아파트 내 인도가 교통량이 적은 한적한 지방 국도라면 아파트를 벗어나 외부 상가로 향하는 보도는 고속도로였다. 처음 고속도로에 나서서 속도를 내지 못하는 초보 운전자처럼 내가 조심스럽게 걷고 있을 때 다른 보행자들은 나를 빠르게 추월해 나갔다. 보도를 걷다가 횡단보도를 건널 때는 더 큰 위험에 직면했다. 혹시라도 운전자가 보행자와 충돌할 위험을 느낄 경우 경적음을 울리겠지만 청력을 잃은 지금의 나는 그 경고음을 전혀 들을 수 없다. 주위를 몇 번이나 둘러보며 차가 안 오는 것을 확인하고서야 조심스럽게 길을 건넜다.

다행히 가게에서는 점원과 대화를 나눌 필요 없이 물건을 고르고 카드만 내면 되었기에 물건 구입은 쉬웠다. 대신 물건을 사고 집으로 돌아오는 길은 또 다른 도전이었다. 양손에 등산용 스틱을 든 채 한쪽으로 물건을 들다 보니 균형이 무너지면서 걷다가 한쪽으로 쏠리기까지 했다. 내 손에 든 건 삶은 계란 두 개와 음료수였지만 균형을 잡고 걷기도 빠듯한 나에게는 마치 군대 시절 완전군장처럼 버거웠다.

힘겨웠던 15분간의 외출이 끝나자 그동안 살아오면서 당연하게 느꼈던 것들이 누군가에게는 당연하지 않을 수 있다는 생각이 들었다. 나는 다행히 부모님을 비롯한 가족의 도움을 받으며 지금의 상황을 견디고 있지만 혼자 살아가야 하는 청각 장애인의 삶은 어떨까?

　만약 잠을 자는 도중 화재가 발생했다고 가정해 보자. 청력이 있는 청인이라면 화재경보기의 경보음이나 주변의 소란스러움에 잠이 깨서 상황을 인지하고 대피할 수 있다. 하지만 청각 장애인이 혼자 살거나, 여행을 떠나 숙박 시설에 묵었을 경우 스프링클러 등이 설치되지 않은 시설에서는 화재를 인식하지 못할 가능성이 크다.

　횡단보도와 도로도 청각 장애인에게는 위험지대다. 차를 모는 운전자는 보행자가 청각 장애인일 수도 있다는 생각은 거의 하지 못한다. 그래서 충돌 위험이 생겼을 때, 경적음을 울리면 보행자가 알아서 피하겠지 생각하며 속도를 줄이지 않고 그대로 운전할 가능성이 높다. 항공기, KTX, 선박도 마찬가지다. 지금까지의 탑승 경험을 떠올려 보니 운행 지연이나 사고 시 대처 방법 등도 주로 음성으로만 안내되었다. 청력을 기본 값으로 세팅한 한국 사회는 청력에 문제가 없는 사람에게는 편리한 나라지만 청각 장애인에게는 어떤 위험이 도사릴지 모르는 아마존의 정글이다. 이 정글은 시각, 청각, 정신 등 각종 장애가 생겨야 비로소 정체를 드러낸다.

청각 장애인은
안마 의자를 렌털할 수 없다?

퇴원 직후 부모님과 함께 재활에 집중하라는 아내의 배려 덕분에 본가에서 쉬다 보니 오래된 안마 의자가 눈에 거슬렸다. 아버님이 정년퇴직 즈음해서 구입한 모델인데 시트가 다 벗겨지고 안마 기능도 미덥지 못했다. 입원 기간 동안 다 큰 아들을 간병하느라 고생하신 부모님을 위해 미국에 있는 동생과 비용을 함께 부담해 안마 의자를 새로 놓아 드리기로 하고 적당한 모델을 알아보았다. 온라인 대신 직접 매장에 가면 할인이나 사은품을 더 받을 수 있겠지만 가까운 거리라도 차를 타고 이동하면 어지럼증이 심해지고 코로나 위험도 있어서 온라인으로 주문과 결제를 끝내기로 마음먹었다. 휴대폰으로 모델 선택과 렌털 기간, 선납금까지 완납했다. 속으로 '역시 대한민국은 IT 강국이야, 대단해.'라며 괜시리 뿌듯함을 느꼈다.

그런데 다음 날 해당 업체에서 전화가 걸려왔다. 청력

회복 수술 전까지 소리를 들을 수 없어서 어머니께 전화를 바꿔드렸다. 내용인즉슨 렌털 계약을 완료하려면 계약 당사자의 음성을 통한 동의 의사를 녹취해야 한다는 것이었다. 결국 휴대폰을 스피커 모드로 전환하고 상담원이 말을 하면 엄마가 메모로 해당 내용을 나에게 전달하는 '삼각 대화'가 시작됐다. 상담원이 여러 가지를 설명하면 엄마가 수첩에 메모하고 그 메모를 보고 내가 대답하는 과정이 무려 25분이나 이어졌다. 하염없이 시간이 걸리자 렌털 계약을 파기하고 싶은 생각이 들 정도였다.

모든 녹취를 끝내고 해당 회사가 계약 당사자의 녹취를 왜 필요로 하는지 찾아봤다. 여러 회사의 규정을 찾아보니 "렌털 계약의 성립은, 렌털사의 콜센터에서 렌털 계약과 관련된 사항을 계약자에게 동의를 얻어 그 내용을 녹취록으로 보관토록 하며, 렌털사가 계약자에게 계약한 상품을 설치함과 동시에 효력이 발생됩니다."라고 규정하고 있었다.

쉽게 이야기하면 렌털 계약의 특성상 분쟁이 많다 보니 당사자의 동의를 문서에 확실히 해 놓아야 하는데 이걸 일일이 렌털 회사 직원이 소비자를 만나서 계약서를 쓰면 시간도 걸리고 인건비가 많이 드니 계약 업무는 콜센터 녹취로 일원화하고 제품 설치나 관리 직원들은 그 일만 집중하게 해서 효율성을 높이고 경비를 아끼는 구조인 셈이다.

지금은 안마 의자뿐만 아니라 정수기, 가전제품, 식기세척기, 심지어 침대도 렌털이 되는 시대인데 당사자의 녹취를 주요 계약의 최종 근거로 삼는다면 청각 장애인들은 자연스럽게 렌털 시장 접근성이 떨어질 수밖에 없다. 회사들이 녹취 말고 휴대폰을 통한 계약서 배부 등 다른 방법을 보조적으로 개발한다면 청각 장애인들은 자유롭게 렌털 기기를 사용할 수 있고 회사 역시 잠재 소비층 확대라는 윈윈의 결과를 얻을 수 있다. 이러한 방법은 비용도 크게 들지 않는다. 렌털 계약보다 더 복잡하고 심지어 금전적 손실이 발생할 수 있는 펀드, 주식 같은 금융상품도 이미 휴대폰으로 계약서를 교부받고 주요 사항을 숙지한 후에 본인의 판단 아래 투자가 가능하다. 렌털 계약에서 최종 의사 판단을 꼭 음성으로 해야 하는 규정이 있고 이를 바꾸기 위해서 법과 제도적 준비 기간이 필요하다면 휴대폰 렌털 계약 방식과 병행하는 것도 해법이 될 수 있다. 코로나로 비대면 업무에 익숙해진 비장애인 소비자 역시 이 방식을 더 선호할 수 있다. 오랜 관행을 벗어나려는 작은 노력만으로도 기업은 새로운 수요를 창출하고, 그동안 그 제품을 사용하지 못했던 소비자는 더 큰 편익을 누릴 수 있다. 장애에 대한 배려가 그저 사회적 시혜나 의무라는 고정된 관념에서 탈피하면 윤리적 경영이라는 위상뿐 아니라 실리적 혜택도 자연스럽게 따를 것이다.

휴대폰 찾기 대작전

소리를 듣지 못하자 생기는 불편은 예상치도 못한 곳에서 튀어나왔다. 안마 의자 렌털 고난은 예고편에 불과했다. 우선 휴대폰 실종 기간이 길어졌다. 청력을 잃기 전에는 휴대폰이 보이지 않으면 전화를 걸거나 인공지능 스피커나 컴퓨터로 휴대폰 찾기 기능을 실행하면 간단히 해결됐다. 이 기능을 실행하면 바로 휴대폰에서도 알람음이 울리기 때문에 귀를 기울여 집중하면 비록 시간은 걸리더라도 반드시 미션을 완수할 수 있었다. 그러나 소리가 들리지 않는 지금은 그 기능을 전혀 사용할 수 없다. 휴대폰을 찾으려면 기억을 되살려 오늘 거쳐 온 동선을 샅샅이 뒤져야 하고 집에 있는 식구를 모두 동원하는 대작전이 펼쳐진다.

예전과 달리 소지품을 잃어버리는 일도 잦아졌다. 공원에 운동하러 나갈 때 쓰려고 샀던 장갑 중 한 짝이 어느 날 보이지 않았다. 다음 날에는 가을 햇빛에 눈을 보호하려고 썼던 선글래스도 종적을 감췄다. 만약 청력이 이전 같았다면 물건을 떨어뜨릴 때 그 소리를 들었을 텐데 하는 아쉬움을 지울 수 없었다.

휴대폰과 개인 물품을 잃어버리는 실수는 내가 좀 더 주의를 기울이면 줄일 수 있지만 상대방과의 커뮤니케이션이 필요한 업무는 전력을 다해도 함락할 수 없는 난공불락의 요새다. 병원에 입원하면 신문을 볼 수 없는 상황이어서 당장 신문 구독을 중지해야 하는데 대부분의 신문 구독 센터가 비장애인의 청력을 기준으로 한 ARS와 상담원 통화로 업무를 진행하고 있었다. 내 의사를 전달할 방법이 없어서 결국 신문 구독 정지는 엄마의 도움을 받아야 했다.

금융 생활에도 무수한 애로가 생겨났다. 보험사에 병원비 관련 문의를 하려고 해도 상담의 기준 방식은 전화 안내였다. 은행이나 증권사들이 비대면 금융 거래를 실현하겠다고 강조했지만 실상은 달랐다. 한 은행 어플리케이션에 공인인증서를 등록하는 과정이 있었는데 맨 마지막 과정이 ARS 전화로 걸려온 안내를 듣고 그 번호를 입력하는 것이었다. 다른 증권사 계좌도 공인인증서 등록 마지막 단계가 여전히 ARS로 걸려오는 전화를 받고 안내된 숫자를 입력하는 번호 인증이었다. 예전에는 아무런 불편 없던 확인 절차였지만 청력을 잃은 지금은 나를 좌절하게 만드는 장애물이다.

운전도 망설여졌다. 만약 사고가 난다면 보험회사에 사고를 접수하고 처리하는 과정도 쉽지 않을 게 분명했기 때문이다. 혹시나 모를 상황을 대비해 각종 보험사의 청각 장애인 응대 서비스를 찾아봤더니 극소수의 회사만이 문자 사고 접수와 영업시간 내 수화 상담 서비스를 제공하고 있었다. 사고가 나면 누구의 잘못인지를 놓고 예민해지는 한국 운전 문화의 특성상 사고 접수가 지연되고 보험회사 직원 출동이 늦어지면 어떤 일이 벌어질지 눈앞에 뻔히 그려졌다.

더 근본적인 문제는 상대편과 즉각적인 의사소통을 할 수 없다는 불편 때문에 외출 자체가 꺼려진다는 점이다. 몸의 모든 기능 중 청각 하나를 잃었을 뿐인데, 한국 사회가 내 몸에 '부적격자'라는 낙인을 찍은 것처럼 느껴졌다.

예능 프로그램
자막이 공해라고?

　　퇴원 후 몸 컨디션이 올라오면서 어지럼증이 조금씩 개선됐다. 덕분에 입원 당시에는 한 페이지도 읽기 힘들었던 책과, 화면에 집중하면 금방 머리가 무거워져 보지 못했던 티브이를 전보다 편하게 볼 수 있게 됐다.

　　아무 근심 없이 웃을 수 있는 예능 프로그램은 입원과 재활 기간에 휴식을 주는 활력소다. TVN이 제작한 「강 식당」에 손님으로 초대된 한 시청자가 병원에서 힘든 시간을 보낼 때 강호동 씨를 보면서 힘을 냈다고 건넨 한마디에 우락부락한 강호동 씨가 울컥하던 장면이 지금도 기억에 선명하다.

　　비록 소리를 들을 수 없지만 자막이 나오는 외국 영화는 나에겐 생동감이 떨어지는 걸 제외하면 큰 불편이 없다. 다만 한국 드라마나 뉴스 등을 볼 때는 자막이 실제 소리보다 반박자 늦게 나오기 때문에 몰입하기가 어렵다. 그런데 자막이 많이 삽입된 예능 프로그램은 비록 소리를 못 들어도 그 풍부한 자막만으로 프로그램의 현장감을 그대로 느낄 수 있었다. MBC의 「놀면 뭐하니」를 제작했던 김태호 PD는 청각 장애인을 고려해 자막을 넣고 있다고 밝히기도 했다.

지금은 예능뿐만 아니라 시사 등 다양한 프로그램에 자막이 삽입되고 심지어 자막 뽑는 능력 자체가 인정받고 있지만 한때는 무분별한 신조어의 주범이라는 비판을 받기도 했다. 비장애인의 시각에서 보면 자막은 없어도 되는 양념이라고 생각할 수 있지만 듣지 못하는 사람들에게 자막은 불편 없이 프로그램을 즐길 수 있게 해 주는 필수 요소이다.

이처럼 정책을 추진할 때 그 제도의 부작용으로 피해를 보는 계층이 없는지 살피는 세심한 배려는 방송 프로그램의 자막뿐만 아니라 모두가 동의하는 정책을 추진할 때도 마찬가지로 적용되어야 한다.

최근 플라스틱 공해를 줄이기 위한 빨대 사용 금지는 전 세계적으로 나타나는 움직임이다. 플라스틱 제품이 해양 동물의 몸과 코에 박혀 있는 충격적인 사진과 지구온난화라는 재앙에 대비한다는 목적에 누구도 선뜻 반대하기 어렵다. EU는 2021년까지 일회용 빨대 사용금지를 추진했고 맥도날드와 스타벅스 등 세계적 식음료업체들도 일회용 빨대 퇴출 행렬에 동참하고 있다.

이런 움직임은 비장애인들에게는 단지 음료를 마시는 방법의 변화에 불과하지만 일부 장애인에게는 음료를 마실 수 있는 방법이 사라지는 결과를 초래하기도 한다. 손과 상체 근육을 비장애인처럼 활용할 수 없는 장애인들은 빨대 없이는 음료수 한 모금도 마시기 어렵다. 누워서 지낼 수밖에 없거나 누워 있는 시간이 긴 환자들 역시 편하게 음료를 마실 수 없게 될지도 모른다. 공공선을 위한다는 대의가 약자의 권리를 배제하지 않도록 세밀한 조정이 필요한 이유다.

뜻밖의 장소에서 배제되다

전북 익산 본가 길 건너편에는 규모가 큰 예술의 전당이 있다. 평소에는 연극, 오페라, 대중 가수의 공연과 다양한 전시 행사가 개최되지만 최근에는 코로나로 사실상 개점 휴업 상태였다. 그러다 거리두기 단계가 완화되면서 방역 관리가 비교적 쉬운 미술관에서 전시회가 개최된다는 플래카드가 붙었다. 재활 운동을 하러 공원을 오고 가는 길목에 예술의 전당 미술관이 위치하고 있기에 날을 잡아 전시장을 찾았다.

미술관에는 맹아학교 학생들이 만든 소조 작품과 그림이 전시되고 있었다. 전시회를 다녀와 검색해 보니 해당 맹아학교에는 유치원부터 초중고까지 시각 장애나 지적 장애가 있는 학생이 재학하며 매년 학생들의 작품을 모아 전시회를 한다고 했다. 전시회 작품들은 정교함 대신 개성으로 가득 차 있었다. 미술에 시각이 절대적인 필요조건이 아니라는 듯 파란 물감으로 추상화처럼 오고 간 붓질에서 힘차게 헤엄치는 고래가 보였고 촉각으로 빚어낸 소조 작품 역시 투박하지만 생동감이 넘쳤다.

전시물을 천천히 관람하다 뜻밖의 장벽에 직면했다. 시각 장애인에게 고흐의 「별이 빛나는 밤」 작품을 녹음된 음성으로 들려주는 설치품이었다. 내가 소리를 들을 수 있는 상태였다면 시각 장애인은 이런 식으로 그림을 감상하는구나 하는 팁을 얻을 수 있었겠지만 헤드폰을 써야 설명을 들을 수 있는 전시 작품은 나에게 이솝 우화 속 두루미 앞에 놓인 평평한 접시에 담긴 수프였기에 당혹감을 느꼈다.

대다수 전시물을 해당 작품을 만든 작가보다 오히려 내가 더 잘 보았을 수 있음에도 묘한 서운함이 마음 한 켠에서 솟아올랐다. 집에 돌아와서도 정체를 알 수 없는 이 감정이 소위 트집잡기 좋아하는 '프로 불편러'의 과민한 반응인지 아니면 충분히 제기할 수 있는 문제인지를 곰곰이 생각해 보았다.

만약 내가 수술을 받지 않아서 소리를 들을 수 있었다면 전시회를 감상하는 과정에서 어떤 불편함이나 문제의식도 느끼지 않았을 것이다. 다만 지금의 나는 청각이 필수인 작품은 감상할 수 없다. 더구나 해당 전시회는 사물을 볼 수 없는 사람도 미술 활동을 할 수 있다는 의미를 내포한 행사였다. 선천적 장애나 후천적 장애가 예술 활동과, 나아가 삶에서 큰 문제가 되지 않는다는 것이 전시회의 더 큰 의미라면 전시품의 접근성에 대해서는 당연히 고려되어야 했다. 주최 측이 조금만 더 세심했다면 청각 장애인의 당혹감을 예방할 수 있었다. 실제로 그 전시품 바로 옆에 설치된 선천적 시각 장애인들이 색깔을 인식하는 법 코너에서는 헤드폰을 통한 음성 안내뿐 아니라 문자로 표기된 책자가 함께 비치되어 있었다. 나는 최근 들어서야 이렇게 장애가 고려되지 않은 서비스, 업무 처리 방식 등을 경험하기 시작했다. 이 짧은 기간에 수많은 장벽들을 경험하며 좌절하고 때로는 서운함을 넘어 분노를 느꼈다. 그동안 시각 장애인, 청각 장애인, 지체 장애인들이 일상에서 무수히 느꼈을 배제의 순간과 좌절의 무게가 가늠되지 않았다. 소리로만 알려 주는 화재경보 시스템, 시각 장애인용 점자블록에 무심하게 설치되어 부상을 초래할 수 있는 차량 진입 방지용 말뚝, 엘리베이터가 없는 지하철 계단을 올라갈 때마다 휠체어를 타는 지체 장애인이 추락 위험을 감수하고 타야 하는 리프트 등은 불편함을 넘어 장애인의 생명을 위협하는 수준이다.

사람을 향한
기술의 발전을 꿈꾸며

청력이 손실되면서 가장 불편한 건 즉각적인 의사소통을 할 수 없는 답답함이다. 엄마와의 대화도 수첩과 볼펜이 있어야만 가능했다. 목소리에는 이상이 없으니 질문은 할 수 있지만 그 대답을 상대방이 글자로 써야만 했다.

입술 모양을 보면서 상대방의 말을 알아듣는 방법이 있다는 뉴스를 본 기억이 나서 그걸 배우면 되지 않을까 하는 생각이 머리를 스쳤다. 지난 남북 정상회담 때 문재인 대통령과 김정은 국방위원장의 독대 순간 영상에 소리가 없어서 입술 모양을 읽는 전문가들이 대화를 추론했다는 뉴스도 기억났다.

자료를 찾아보니 입술을 읽고 상대방이 무슨 말을 하는지 알아내는 기술을 독순술(讀脣術, lip reading)이라고 부른다. 학술 용어로는 독화법(讀話法, oral method)이고 일반적으로는 청각 장애인이 상대방 입술의 움직임과 얼굴 표정을 전반적으로 분석하여 나에게 무슨 말을 하고 있는지 알아듣고 음성 언어를 익히는 데 사용하는 방법이라는 설명도 덧붙여져 있었다.

그런데 이걸 배워 보려는 생각은 금방 포기하게 됐다. 청각 장애인 관련 전문 콘텐츠를 만드는 농인 유튜버 하개월 님의 영상을 보니 그 어떤 전문가도 입술 모양만 읽고 대화를 복원하지는 못한다고 한다. 다만 입술 모양에서 몇 가지 단어를 빠르게 읽어 내고 그 단어를 머릿속에서 재빠르게 상황과 맞추어 문장을 재구성하는 것은 가능한데 이것도 어릴 때부터의 피나는 노력이 있어야 가능하다고 한다.

이렇게 좌절의 시간을 겪다가 해법은 의외로 쉽게 풀렸다. 휴대폰에 수많은 애플리케이션들이 나와 있으니 뭔가 도움이 되는 게 있지 않을까 열심히 검색을 하다 놀라운 기능의 애플리케이션을 찾았다. 바로 구글이 만든 실시간 음성언어 문자 변환 애플리케이션이었다. 이 앱은 실시간으로 화자의 말을 휴대폰 화면에 문자로 변환한다. 발음이 부정확할 때 발생하는 약간의 오류는 있지만 80퍼센트 정도는 대화를 그대로 복원했다.

이 앱을 사용하자 신세계가 열렸다. 식탁에서 이 앱을 켜 놓으면 더 이상 침묵의 식사가 아니라 가족끼리 대화를 주고받는 저녁 시간이 가능해졌다. 또 병원에 갔을 때 궁금한 점을 질문하면 의사의 답변도 실시간으로 들을 수 있어서 답답함이 사라졌다. 기술이 장애를 일시적으로나마 해소해 줄 수 있다는 걸 온몸으로 확인하는 순간이었다.

관련 기술 자료를 더 찾아보니 구글은 이미 2016년에 인공지능 AI가 사람의 입 모양을 읽고 문자화하는 기술개발에 성공했다. 구글의 딥마인드는 옥스퍼드 대학 연구진과 함께 AI가 뉴스 프로그램을 5000시간 이상 보고 듣고 받아 적는 훈련을 시켰다. 학습 결과 전문가들이 오류 없이 12.4퍼센트 단어를 판독한 판면, 인공지능은 46.8퍼센트를 정확하게 구현해 냈다.

이 기술은 청각 장애인뿐만 아니라 도서관이나 공공장소에서 소리를 내지 않고 입 모양만으로 스마트 기기에 음성 인식 명령을 내릴 수 있고 소리 없이 영상만 기록되는 CCTV의 대화 내용도 복원해 범죄 수사에 큰 도움을 줄 수도 있다.

이처럼 구글이 기술을 통해 장애를 극복할 수 있는 기회를 만들고 있는 데 반해 국내 IT 기업들의 실질적 기술개발 활동은 미미하다. 네이버는 어떤 장애에도 구애받지 않고 손쉽게 정보를 공유할 수 있어야 한다는 웹의 기본 정신을 지키기 위해 '널리(NULI)'라는 접근성 체험 프로그램을 제공하고 있다. 카카오 역시 저시력 장애인이 글자에 더 집중할 수 있도록 폰트를 개발하고 카카오톡 일부 서비스를 음성으로 변환해 시각 장애인도 메신저를 사용하도록 하고 있다. 다만 국내 IT 기업들은 자회사의 서비스를 장애인이 어떻게 이용하느냐에 초점을 맞추고 있는 편이다.

오히려 사회적 벤처기업들은 단순한 도움을 넘어 장애인의 경제적 자립까지 고려한 모델을 개발하고 있다. 가장 대표적인 것이 청각 장애인이 모는 '고요한 택시'다.

동국대학교 학내 동아리에서 출발한 사회적 기업 코액터스 송민표 대표는 청각 장애인이 모는 택시 사업을 개발한 이유로 "청각 장애인 취업률이 37.1퍼센트에 불과하고, 취업을 하더라도 월 수입이 100만 원이 안 되는 경우가 73퍼센트에 달한다."며 "승객과의 의사소통이 다른 서비스업에 비해 적고 정형적인 택시 기사라는 새로운 직업군을 열고자 했다."라고 말했다.

통계를 보면, 청각 장애인 운전자의 교통사고 발생률은 0.012퍼센트로, 전체 교통사고 발생률 0.86퍼센트에 비해 낮은 편이다. 또한 청각 장애인들은 비장애인에 비해 시야가 1.5배 정도 넓은 것으로 알려져 있다.

실제로 최근 도입된 고급 택시 서비스는 기사가 불필요하게 승객에게 말을 걸지 않도록 요구하고 있고 택시를 부를 때 이미 목적지를 앱으로 지정해서 택시 기사의 청각이 큰 결격 사유가 되지 않는다. 택시 기사 뒷자리에는 승객용 태블릿을 설치해 소리를 듣지 못하는 택시 기사에게 목적지 등 필요한 정보를 전달할 수 있다. 승객이 음성이나 터치패드로 정보를 전송하면, 운전석에 설치된 기사용 태블릿엔 문자로 나타난다. '다음 횡단보도에 내려 주세요.', '에어컨 좀 줄여 주세요.'와 같은 요청사항을 앱을 통해 전달할 수 있다.

최근에는 한 국내 대기업이 자사 서비스에 고요한 택시를 위한 기능을 추가했다. 고요한 택시가 배차됐을 때 청각 장애인이 운전하는 택시임을 사전에 승객에게 알려 주고 기사가 승객에게 상세한 호출지를 묻는 등의 음성 통화를 할 수 없는 점을 고려해 문자메시지를 보내는 기능을 추가했다. 또 청각 장애인 운전자가 콜 알람 소리를 들을 수 없는 점을 고려해 화면을 깜박이는 기능도 추가했다. 이렇듯 다양한 장애인에게 일시적 도움을 넘어선 자립의 기회를 만드는 것이 진정한 기술의 힘 아닐까.

청각 장애 이해 필독서

　「나는 귀머거리다」는 대형 포털에 2015년~2017년까지 연재된 인기 웹툰이다. '라일라'라는 필명을 쓰는 이수연 작가 본인이 선천적 농인이며 자신이 성장 과정에서 겪었던 실제 상황과 여러 가지 어려움을 담담하지만 유쾌하게 그려 내고 있다. 이 웹툰을 보다 보면, 수술 이후 귀가 안 들려서 '아, 나도 이래서 답답했는데.'라는 공감과 함께 소리가 들리지 않는 상황에서 어떻게 대처해야 하는지를 배울 수 있어 아주 유용한 정보 창고가 되고 있다.

　아직 안 본 독자들을 위해 미리 설명하자면 웹툰 작가가 장애인이라는 이유로 편견을 가질 필요는 없다. 대다수 에피소드가 유쾌하고 사실적이며, 장애로 제가 이렇게 힘든 시간을 보냈습니다라는 신파 모드로 흐르지 않는다. 대신 우직하게 작가가 성장기부터 현재까지 겪고 있는 현실을 과장 없이 담담하게 그려 낸다.

태어나면서부터 청력을 잃은 작가는 어머니로부터 혹독한 사회 적응 훈련을 받는다. 쌀가마니를 배에 올려놓고 발음 훈련을 시켰던 어머니의 열정과 수어 대신 사람의 입술을 보고 단어를 읽어 내며 습득한 의사소통 능력, 체육 선생님이 호루라기를 불 때 변하는 배 모습을 보고 동작을 바꾸는 센스와 리듬이 들리지 않지만 외워서 추는 춤은 일부 친구들에게 '거짓 장애인 흉내'라는 비난과 함께 철저한 따돌림으로 돌아오기도 했다.

특히 장애 때문에 학창 시절 왕따를 당했던 에피소드를 솔직히 그려 낸 부분은 작가가 당시의 트라우마를 극복했다는 점에서 독자로서 기쁘면서도 당시의 고통을 대리 체험하게 되어 매우 가슴이 아렸다.

청각 장애가 웹툰의 주요 소재이긴 하지만 장애를 항상 불편하고 동정의 대상으로 삼지 않는다. 대부분의 에피소드는 본인의 장애로 인해 발생하는 여러 에피소드들을 오히려 유쾌하고 때로는 통찰력 있게 그려 낸다. 이 솔직함 덕분일까, 이 웹툰에는 소위 말하는 '악플'이 거의 없다.

이 웹툰을 정주행하면서 달린 댓글을 분석해 보면 크게 세 가지로 분류할 수 있다. 1) 너무 재미있어요, 2) 청각 장애인을 비롯한 다른 장애인의 어려움을 더욱 이해하게 됐어요, 3) 저도 장애인인데 웹툰을 보면 힘이 나요. 특이한 점은 팬

한 트집을 잡거나 작가를 비논리적으로 비판하는 댓글이 달리면 웹툰을 구독하는 네티즌들이 힘을 모아 정화에 나선다. 반박 댓글을 달거나 내용이 심할 경우 신고를 한다.

작가는 여러 언론 인터뷰에서 웹툰을 그린 이유를 '세상에는 청각 장애를 갖고 있는 사람도 함께 살아가고 있다는 것을 알리기 위해서.'라고 밝혔다. 특히 '어린 학생들이 만화를 통해 간접적으로라도 장애를 이해한다면 친구가 장애를 가졌다고 오해하거나 괴롭히지 않을 거'라는 이유도 덧붙였다.

이 웹툰이 가져온 변화의 형태와 결과는 놀라웠다. 이전까지는 제도를 바꾸거나 도입하기 위해서는 전통적인 거리 집회나 기자회견 때로는 시설 점거 같은 강력한 방식이 필요했다.(현재도 이러한 운동이 필요한 영역은 여전히 많다.) 하지만 웹툰이라는 문화 산물이 대중에게 공감을 얻자 해당 기관이 자연스럽게 제도를 개선하는 움직임을 보였다.

웹툰에서 금융기관 본인 인증 서비스 수단이 ARS만 제공되는 것을 지적하는 에피소드가 나오자 결국 음성 ARS뿐만 아니라 휴대폰 문자 등 다양한 인증 방법이 도입됐고 해외여행을 할 때 청각 장애인을 위한 통신 중계 서비스 등도 만들어졌다.

이수연 씨는 이러한 공로로 2020년 4월 장애인 인권 증진 개선에 기여한 사람에게 수여하는 '서울시 복지상 대상'을 수상했다. "장애인은 동정받아야 할 존재가 아니라 조금 다른 방식으로 살아가는 사람들이란 것을 알아주셨으면 합니다." 그가 상을 수상하고 한 여러 인터뷰에서 공통적으로 강조한 내용이다. 청각 장애를 편견 없이 이해하고 싶다면 이 웹툰을 한 번 읽어 보길 권한다.

다시 용감하게
세상 밖으로

소리를 잃은 생활이 2개월째에 접어들었다. 양쪽 귀에다 스피커를 대고 최대 음량으로 틀어 대는 것처럼 느껴졌던 소음이 여전히 귀(소리를 전달하는 유모 세포가 손실되었기에 정확히 말하면 뇌)를 괴롭히지만 인간은 적응의 동물이라고 했던가? 이 무지막지한 이명 현상에도 서서히 무덤덤해졌다. 이처럼 청력 상실에 익숙해지자 보호자가 꼭 함께해야 하는 병원 진료(주치의와의 문답, 간호사의 지시 등)나 전화 통화 업무를 제외한 나머지 일은 내가 스스로 해도 되겠다는 마음이 싹트기 시작했다. 마흔 넘은 성인이 단지 귀가 들리지 않는다 하여 누군가를 의지한다는 게 마치 오늘 회사에 못 간다고 신입사원이 엄마에게 대신 전화를 해 달라고 하는 것처럼 남세스럽게 생각됐기 때문이다.

오늘은 우선 항암 치료 후유증으로 생긴 고관절 통증을 치료하기 위한 정형외과부터 혼자 가기로 했다. 그동안 비슷한 치료를 계속 받아 왔기에 이곳에서 필요한 말에 익숙해져 있다는 점도 나의 자신감을 부채질했다. 병원 문을 열고 접수 대에 가서 "2시 30분에 예약한 황승택 환자입니다."라고 자신 있게 말했다. 치료실로 안내받을 것이라는 예상과 달리 접수원이 무언가 말을 더 했다. 입술 모양으로 말을 읽어 내려고 노력해 봤지만 역시 초보 청각 장애인에게는 무리였다. 결국 "어디에서 대기해야 할까요. 제가 지금 귀가 잘 안 들리는데."라는 말을 한 후에 접수 담당자가 손짓으로 같은 층의 뒤편으로 가야 한다는 걸 알려 줬다. 나는 더 과감해졌다. 물리치료를 담당하는 간호사에게는 "지금 제가 귀 수술을 받아서 소리를 못 들으니 제 차례가 되면 안내를 부탁드립니다."라고 공손하게 선포했다. 간호사도 흔쾌히 응해 주었고 내 차례가 되자 손짓으로 나를 불러 치료실로 안내했다. 치료를 담당하는 물리치료사도 사정을 설명하니 모든 치료 과정 전에 종이에 글을 써서 나에게 유의할 점을 설명했다. 나는 속으로 되뇌었다. '어, 이거 별로 어렵지 않은데.'

내친김에 그동안 미뤄 두었던 옷을 사러 의류 매장으로 향했다. 늦여름에 반팔을 입고 입원했는데 퇴원 후 집 대신 본가로 오는 바람에 기본적인 가을옷, 겨울옷이 전혀 없었다. 필요한 옷을 고르고 계산대에 자신감 있게 섰다. "일시불로 결제해 주세요."라고 말했는데 점원이 카드를 받기 전에

뭐라고 또 묻는다. 나는 속으로 '결제만 하면 될 텐데 왜 그러지.'라며 다시 내 사정을 설명했다. 그랬더니 점원이 종이에 "종이봉투를 쓰면 비용이 청구되는데 쓰실 건가요?"라고 써 주었다. '아하 그렇구나!'라는 생각을 하며 에코백을 가지고 왔으니 필요 없다고 답했다. 수선 코너에 가서 바짓단을 조금 줄여야 하는데 언제 오면 되느냐고 묻자 이번에는 담당 직원이 휴대폰에 문자를 써서 "오늘 1시 이후에 오면 됩니다."라고 안내해 준다. 옷도 혼자 샀다는 성취감이 그동안 한없이 움츠러들었던 자신감을 회복시켜 준 느낌이었다.

집으로 돌아오는 길에 이와 비슷한 경험을 그린 웹툰 「나는 귀머거리다」가 다시 떠올랐다. 선천적 장애로 청각 대신 상대방의 입술을 읽고 소통하는 작가는 커피숍에 도움 없이 혼자 주문을 하려고 경우의 수를 예측하여 필요한 대화를 전부 외워 갔다고 한다. 나는 내가 그동안 왜 움츠러들었는지 생각해 봤다. 결론은 듣지 못하는 상황 때문에 혹시 받을지 모르는 불이익과 불편한 시선을 지레짐작한 데 있었다. 실제로 병원, 상점 등에서 지금 소리를 들을 수 없다고 밝혔을 때 나는 불쾌한 동정의 시선이나 불편한 대우를 받지 않았다. 그럼에도 내가 불편함을 걱정한 건 어렸을때부터 우리 사회가 장애인을 대하는 태도를 보며 무의식적으로 몸에 장착된 보호본능 때문이었을 것이다.

짧은 기간 내게 쏟아진 호의는, 듣지는 못하지만 완벽하게 말을 구사했기 때문이었을 수도 있다. 실제로 선천적 장애로 인해 자신의 목소리를 듣지 못하지만 피나는 훈련으로 말을 할 수 있게 된 청각 장애인 가운데 발음이 어눌한 경우가 많은데 이 때문에 "외국에서 오래 살다 왔나요?", "혹시 교포인가요?"라는 말을 심심찮게 듣는다고 한다. 조금은 어눌한 발음 혹은 수어를 쓰거나 장애가 있어도 자신이 원하는 걸 비장애인과 다름없이 누릴 수 있는 문화가 정착된다면 우리는 일상생활에서 더 많은 장애인과 마주칠 것이다. "한 국가의 복지 수준은 거리에 돌아다니는 지체 장애인의 수에 의해 결정된다."「나는 귀머거리다」 웹툰 작가가 일본 여행을 갔을 때 휠체어를 타거나 지체 장애인들이 자연스럽게 돌아다니는 환경을 보고 했던 말이다.

목소리 기억법

식탁에 앉아 부모님과 저녁을 먹고 있었다. 두 분은 항상 그러했듯 일상적인 대화를 나누는 것처럼 보였다. 평소라면 나도 몇 마디 거들었겠지만 지금은 대화 내용을 들을 수 없기에 묵묵히 밥을 먹었다. 내가 관심 있는 주제가 아닐 게 분명했지만 대화에 낄 수 없다는 사실에 약간의 소외감을 느끼며 젓가락질에 집중했다. 그렇게 별생각 없이 밥을 먹다가 두 분의 얼굴과 입을 바라봤는데 갑자기 머릿속에서 부모님의 목소리가 재생됐다. 비록 대화 내용은 알 수 없었지만 아버지의 입술과 손짓에서 평소 사투리와 특유의 억양이 읽혔고 어머니의 얼굴에서도 내가 평소에 들었던 목소리가 들렸다.

신기한 경험을 하고 내가 기억하는 사람들의 목소리가 어디까지인지 시험해 보기로 했다. 우선 직장 동료부터 시작해보기로 했다. 가족보다 더 많은 시간을 보냈던지라 부서원들의 얼굴과 목소리는 쉽게 기억났다. 낮은 톤으로 툭툭 아재

개그를 던지던 부장, 당황할 때 얼굴이 빨개지며 말끝 어미가 하이 톤으로 바뀌던 피디 후배, 인상과 달리 동굴 저음을 보유한 여자 후배 기자 등 목소리에 집중했을 뿐인데 평소에 지나쳤던 부서원들의 개성까지 또렷하게 식별됐다.

목소리 기억력의 범위를 시험해 보고 싶어서 대상을 20년 전 대학 시절로 확대해 봤다. 조용히 당시를 떠올리자 충청도 사투리가 구성졌던 친구, 깍쟁이 서울말을 쓰던 미남, 말끝이 살짝 올라가던 몇 없던 여자 동기까지 친구들의 얼굴과 추억이 쉽게 되살아났다. 해당 친구들 가운데 몇 명은 20년 동안 전화 통화조차 하지 못했었다. 목소리는 우리가 의식하지 못한 사이에 기억 속에 차곡차곡 자신의 공간을 쌓아 오고 있었다.

코로나, 이사, 이민 등 다채로운 이유로 지금 만날 수 없는 대상이 있다면 일단 조용히 눈을 감고 그 사람의 목소리를 떠올려 보자. 머릿속에 있던 목소리는 당신이 잊었던 그 사람과의 추억까지 되살려 낼 수도 있다. 만약 목소리가 떠오르지 않는다면 시답잖은 일을 핑계 삼아 전화를 해 보면 어떨까. 목소리를 기억하겠다는 건 그 사람을 소중히 간직하겠다는 뜻이기도 하니까. 수술로 청력을 회복하게 되면 새롭게 만나는 소중한 인연들의 얼굴보다 목소리를 먼저 기억하는 데 집중해야겠다.

나도 모르게 저지른
큰 목소리 테러

청력 회복 수술이 2주 앞으로 다가왔다. 오늘은 1차 염증 제거 수술의 경과를 살펴보고 2차 수술을 위한 언어 및 다양한 청력 기능 검사를 받는 날이다. 가장 먼저 받은 검사는 이름도 생소한 언어능력 검사였다. 혹시 머리에 헬멧 같은 걸 쓰고 컴퓨터가 뇌를 스캔하지 않을까 상상의 나래를 폈지만 실상은 언어치료사 선생님과의 일대일 면담 조사였다.

먼저 언어치료사 선생님이 내 뒤편에서 소리를 내면 들을 수 있는지를 반응하는 검사가 시작됐다. 선생님은 도구를 사용해 나름 큰 소리를 낸 것 같았지만 예상대로 나는 아무 소리도 들을 수 없었다. 두 번째는 소리 대신 사람의 입 모양을 보고 단어를 읽는 검사였다. 이 테스트를 하려면 입 모양을 직접 봐야 하기 때문에 선생님은 마스크 대신 선별 검사소에서 쓰는 얼굴 전체를 감싸는 투명 페이스마스크를 썼다. 최대한 집중해서 선생님의 입 모양을 보고 발음을 유추하려고 노력했지만 어릴 때 보던 「가족오락관」의 한 코너 '고요속의 외침'이 내 의지와 상관없이 연상되는 건 어쩔 수 없었다. 웃음기를 거두고 지금 내가 여기에 온 건 환자이기 때문이라는 점을 상기하며 검사에 집중했다. '아', '이', '우유' 등 몇 개의 모음은 읽어 낼 수 있었지만 자음이 들어간 단어는 '낙타' 하나밖에 맞히지 못했다. 특히 단어가 아닌 문장은 길이에 상관없이 전혀 감을 잡을 수 없었다.

내가 연거푸 오답을 쏟아 내며 검사가 끝나 가는 와중에 선생님이 당부를 했다 "환자분, 지금 목소리가 너무 커요. 이런 식으로 계속 말씀하시면 청력 회복 수술 전에 성대 이상이 올 수도 있습니다. 조심하셔야 해요." 나는 너무나 놀랐다. 내 목소리가 크다는 것을 전혀 몰랐기 때문이다. 가끔 엄마가 "목소리가 크니까 제발 낮춰라."라고 종이를 써서 건네주셨지만 나는 남에게 폐 끼치는 걸 극도로 싫어하는 엄마의 예민한 성격 때문이라고 생각했다. 그런데 내 목소리 크기가 일반 사람이 화가 나서 소리를 지르는 것처럼 들릴 정도였다니. 지난 두 달 동안 내가 큰 목소리 테러를 저질렀다고 생각하니 얼굴이 화끈거렸다.

검사실을 나와 엄마에게 내 목소리가 그렇게 컸냐고 여쭤봤다. 엄마는 아까 서울 병원으로 오는 케이티엑스 기차 안에서 네가 "와~ 신형 기차라 콘센트가 있어서 휴대폰 충전하기도 좋다."라고 말했을 때 앞좌석에서 자고 있던 어린아이가 깼다고 말해 주셨다. 기억을 더듬어 보니 수술 직후에 어머니는 꾸준히 목소리 톤을 좀 낮추라는 이야기를 했었는데 당시 나는 지금 나 자신이 너무 힘든데 그런 것까지 신경 써야 하냐며 엄마의 충고를 귓등으로 흘려 버렸다.

부끄러운 실수를 다시 하지 않기 위해 의식적으로 목소리를 최대한 낮춰야겠다고 마음먹었다. 그런데 문득 이와 같은 일이 목소리에만 한정되는 문제일까 하는 생각이 머리를 스쳤다. 자신을 객관적으로 돌아보지 않고 내 생각이 항상 옳다고 고집하면 자기 목소리만 더욱 크게 내다 결국 소통 불가능한 '꼰대'가 되는 게 아닐까. 그래서 나이 들수록 '입은 닫고 지갑은 열어야 한다'는 원칙이 젊은 세대에게 호응을 얻었나 보다. 내 삶의 방식에 하나를 더 추가해야겠다. 나이 들면 귀는 더 크게 열고 내 목소리에는 힘을 빼자고.

소리를 잃고 생긴 장점(?)

　평소처럼 아침에 운동을 나가려다 다시 집으로 돌아왔다. 겨우 가을 중반을 지나가고 있는데 오늘 아침 갑작스레 기온이 뚝 떨어졌다. 이른 찬 바람은 서서히 겨울이 오고 있음을 예고했다. 인공 와우 삽입 수술을 앞둔 환자는 절대 감기에 걸리면 안 되기에 공기가 더워진 오후로 운동 시간을 늦췄다. 갑자기 생긴 빈 시간에 컴퓨터 모니터 앞에 앉았다가 지금 내가 겪고 있는 불편 때문에 생긴 좋은 점은 뭐가 있을까 생각해 보았다. 동전에 앞면과 뒷면이 있고 모든 일에는 명과 암이 있다는 불변의 진리가 있는 만큼 지금의 청각 상실로 인해 내가 얻은 것도 있을 것이라는 막연한 기대감도 이런 사고를 부추겼다. 지금 상황에 불평만 늘어놓으면 앞으로 재활 생활은 더욱 힘들어지니까 이를 상쇄할 뭔가가 필요하다는 뇌의 지능적인 처방이었을 수도 있다.

　첫 번째 장점은 뭐니 뭐니 해도 원치 않는 소음에 대한

스트레스가 전혀 없다는 거다. 예를 들어 일과를 마치고 방에 누워 잠을 자려고 하는데 위층이나 아래층에서 심한 층간소음이 발생했다고 생각해 보자. 한계치를 넘는 소음이 지속적으로 들리면 '경비실에 전화를 해야 하나', '아니면 윗집에 직접 초인종을 눌러?'라는 내적 갈등을 반복하다 문득 '칼부림을 부른 이웃집 층간 소음 비극' 같은 기사를 떠올리며 조용히 잠을 청하는 사람들이 대다수일 것이다. 하지만 현재 나는 층간소음을 압도하는 이명이 내 귀를 지배하고 있어서 어떤 크기의 층간소음도 나를 방해할 수 없다. 회사가 광화문 중심에 있어서 대규모 집회 소음으로 스트레스가 많았는데 지금 상황이라면 100만 명의 군중이 모여서 시위를 해도 소음 청정구역에 있는 것처럼 일할 자신이 있다.

또 기차나 비행기를 탈 경우 아이들의 소음도 전혀 괴롭지 않다. 실제로 어제 서울로 외래진료를 보러 가느라 기차를 탔는데 바로 앞좌석에 활동력이 왕성한 아이 둘이 부모님과 함께 가족석에 앉아 있었다. 예전 같으면 좀 시끄러워도 참아야지, 생각하며 견뎠겠지만 지금은 어떤 소리도 들리지 않으니 아이를 향해 웃어 주며 책을 읽는 데 집중할 수 있었다.

각종 이어폰을 챙길 필요가 없었다. 회사 출근할 때 무선 이어폰을 깜빡하면 출퇴근길에 팟캐스트나 동영상 콘텐츠 등을 들을 수 없어서 금단증세가 오곤 했지만 지금은 이어폰을 쓸 일이 없다. 어차피 듣지 못하니까. 이 상태로 출근이 가능하다면 출퇴근 시간은 생산적인 자기 계발 시간으로 탈바꿈할지도 모르겠다.

그리고 가장 큰 장점은 마음만 먹으면 어디든 개인 독서실이 된다는 것이다. 현대인들은 소음에 방해받지 않고 집중해서 업무를 볼 수 있는 공간을 확보하기 위해 도서관, 한적한 카페, 1인 전용 고급 독서실 등을 찾는다. 공공도서관을 제외하고는 모두 사용 요금이 만만치 않다. 하지만 지금의 나는 어느 공간에서든 마음만 먹으면 그곳이 나만의 개별 공간이 된다. 다른 사람이 내 몸에 손대기 전까지 내 생각에 온전히 집중할 수 있다.

또 지금 나의 신체는 요즘 대세인 명상에도 최적화되어 있다. 명상을 위해서는 조용한 공간과 마음을 평온하게 해 줄 음악 등이 필수지만 현재 나는 눈만 살짝 감으면 모든 조건이 완성된다. 이 정도로 정리해 보니 상실이 주는 장점도 제법 많다.

다시 소리 속으로

소리가 고프다

지난 석 달간 나는 인간이 되기 위해 동굴에서 쑥과 마늘만 먹고 버틴 곰처럼 자체 격리 생활을 해 왔다. 소리를 듣지 못하는 원인이 된 고막 속 염증 제거 1차 수술은 진작에 끝났지만 청력 회복을 위한 2차 인공 와우 삽입 수술은 염증이 제거되고 3개월 뒤에나 가능했기 때문이다. 2차 수술 직전까지 상처 부위가 덧나지 않게 관리하고 감기 등 열이 동반되는 질병에 걸려서는 안 된다는 미션이 주어졌다. 최대한 외부 접촉을 줄이기 위해 집 대신 본가에 내려왔고 동굴 속의 곰처럼 집과 공원만 산책하며 외부 접촉을 최소화했다. 수도자 못지않은 이 격리 생활에도 이제 끝이 보인다.

소리를 듣지 못하는 상태로 3개월간 생활하면서 가장 크게 깨달은 건 내가 그동안 청각을 당연하게 여겼다는 거다. 숨을 쉴 수 있는 이유가 공기 덕분이라는 걸 의식하지 않고 살아가듯 후천적으로 귀에 이상이 생길 것이라고는 꿈에도 생각해 보지 못했다. 게다가 '물체의 진동이 만들어 낸 음파가 귀에 전달하는 과정'이라는 사전 속 소리의 정의는 청각이 삶에서 차지하는 영향력과 비중을 설명하기에는 턱없이 부족하다.

우선 소리가 배제된 의사소통은 후천적으로 청각을 상실한 사람에게는 특히 견디기 어려운 부분이다. 본가에 내려와 있는 탓에 그동안 집에 있는 여덟 살 첫째와는 휴대폰 문자메시지로 연락을 했다. 하고 싶은 말도 많고 묻고 싶은 말도 많았지만 화면의 문자 창은 내 감정을 표현하기에도 딸의 감정을 전달받기에도 부족했다. 문자를 보내도 언제 확인할지 알 수 없었고 빨리 답장이 와도 시차를 두고 순차적으로 오고 가는 대답은 대화의 리듬을 떨어뜨렸다. 답답한 마음에 영상통화를 해 봤지만 서로의 목소리를 들을 수 없는 조용한 화면 역시 딸과 소통하고 있다는 느낌을 주지 못했다. 그동안 청각을 타인의 정확한 의사를 인식하는 1순위 도구로 세팅한 것에 익숙해진 신체는 음성이 빠진 의사소통을 마치 배우가 일인극 무대에서 관중을 향해 떠드는 독백처럼 느끼게 했다.

소리가 핵심인 역할을 하는 콘텐츠에서 소외되는 것도 큰 상실감이었다. 나는 최근에 운 좋게도 2018년에 펴낸 책 『저는, 암병동 특파원입니다』의 세 개 챕터를 전문 성우가 참여하는 오디오북으로 만들자는 제안을 받았다. 활자 콘텐츠가 음성으로 변환되면 어떤 변화를 만들까 하는 기대감에 흔쾌히 동의를 했다. 하지만 안타깝게도 오디오 파일이 서비스됐다는 소식을 전달받은 직후 귀 수술을 하면서 아직 그 콘텐츠를 듣지 못했다. 포털과 많은 온라인 서점들이 최근 야심차게 출시한 오디오북의 접근도 불가능했다. 또 그동안 여가 시간을 풍요롭게 해 줬던 음악, 팟캐스트, 라디오 등 화면 없이 소리로만 재생되는 콘텐츠 역시 그림 속 떡이 되어 버렸다. 비록 화면이 주가 되는 콘텐츠라도 소리가 빠지자 허전했다. 수술 직후 유튜브에서 한국관광공사가 제작한 「feel the rhythm of korea」를 보게 됐다. 국내뿐만 아니라 해외 이용자들에게 입소문이 나면서 조회수 1억 뷰를 돌파했다는 소식을 들었는데 정말 묘한 중독성이 있었다. 소리를 빼고도 이렇게 흥이 나는 콘텐츠에 우리나라 전통 음악을 퓨전 음악으로 재해석한 음악이 덧입혀지면 어떤 입체적 느낌이 날지 듣고 싶은 갈증은 더욱 커졌다. 흔히들 다리를 다치거나 큰 수술로 몸을 제대로 움직이지 못하게 되면 지금은 못 가지만 회복 후에 갈 여행을 계획한다. 다이어트 중이거나 소화기관에 장애를 겪게 되면 정상 컨디션이 돌아온 다음 먹을 음식 메뉴를 고른다. 여행과 음식 대신 내가 듣고 싶은 소리 목록을 잘 적어 두고 수술 후 원 없이 들어 볼 계획이다.

수술 대기실,
기자 본능과 섣부른 기대

2차 수술을 하루 앞두고 2020년 11월 중순 다시 병원에 입원했다. 의료 파업이 있던 8월 1차 수술 때와 다르게 이번에는 수술 전날 담당 레지던트에게 내일 어떠한 수술이 이루어질지를 자세하게 들을 수 있었다. 이미 1차 수술에서 외과 수술을 경험해 본 터라 두려움은 없었지만 사전 설명을 들으니 더욱 안심이 됐다. 수술 소요 시간은 한 시간에서 두 시간 정도이고 경과가 좋은 환자는 다음 날 퇴원하기도 한다는 환상적인 소식은 최소 4~5일 입원을 예상했던 나에겐 선물처럼 느껴졌다. 비록 잠은 설쳤지만 한결 가벼워진 마음으로 수술 당일을 맞았다. 아침 8시, 익숙한 과정이 재연됐다. 단추가 달린 흰색 환자복 대신 수술 환자용 상의를 입고 이동 침대로 옮겨 탔다. 이동 침대 옆으로 같이 걷는 엄마도 처음보다 걱정이 덜한 눈치였다. 나는 금새 수술 대기실에 도착했다. 수술이 빨리 끝나면 점심도 먹을 수 있겠다 생각하며 누워 있는

데 내 옆으로 환자들이 속속 채워지기 시작했다. 첫 번째 수술 때는 주위를 돌아볼 경황이 없었는데 나름 두 번째 수술이라고 주위 환경이 눈에 들어오기 시작했다. 이 짧은 순간에 또다시 몸에 박힌 기자의 습속이 발동했다. 내 눈은 의지와 상관없이 수술 대기실 환자들을 현미경처럼 스캔하기 시작했다. 환자 대다수는 일부를 제외하고 모두 중년 이상이었다. 남녀 성비는 반반. 모든 환자들의 공통점은 얼굴 표정에 긴장감과 걱정이 배어 있다는 것. 간단한 수술이건 생명을 걸어야하는 중차대한 수술이건 의식을 내려놓고 내 몸을 완전히 누군가에게 맡겨야 한다는 현실이 빚어내는 무게감이리라.

그 가운데 가장 안타까웠던 건 바로 내 옆에 실려 온 100일 정도 되어 보이는 신생아였다. 너무 나이가 어리기에 엄마도 수술복을 입고 아이를 안은 채 침대 위에 앉아 있었다. 유아용 마스크는 너무 커서 아이의 입이 아니라 얼굴 전체를 가렸고 스스로 고개도 가누지 못했다. 저렇게 어린 나이에 수술을 받아야 할 정도라면 정말 급박한 사정이 있겠구나 정도만 가늠이 됐다. 만약 귀가 들렸더라면 의료진과 보호자가 나누는 대화를 통해 뭔가 실마리를 얻을 수 있었을 텐데 지금은 그저 눈만 껌벅이며 아기 환자의 수술이 잘되기를 빌었다.

시간이 흐르면서 옆자리 환자들이 하나둘 수술 방으로 옮겨지기 시작했다. 드디어 내 차례가 되어서 내 몸도 수술 방으로 향했다. 차가운 수술대 위에 다시 누웠지만 '이번에는 수월할 거야.'라며 스스로를 위로했다. 마취 담당 의사가 입과 코에 마취용 마스크를 씌웠다. 한 번 두 번 심호흡을 했는데 이번에는 냄새가 좀 비리다는 느낌과 함께 마취가 예상보다 오래 걸린다는 생각을 한 게 의식을 잃기 전 마지막 기억이었다.

몸을 흔드는 느낌에 서서히 의식이 돌아왔다. 눈을 뜨자마자 느낀 건 뭔가 이상하다였다. 시간을 가늠할 수는 없었지만 예상을 뛰어넘는 몸의 통증은 이건 분명히 두 시간 짜리 수술이 아니라고 항변하고 있었다. 게다가 몸에 가득 찬 마취 가스 때문인지 메슥거림과 어지럼증이 내 한계치를 넘어섰다. 지난번 수술 때에는 이렇지 않았다.

병실로 옮겨진 후 금식이 풀렸기에 저녁을 먹으려고 했지만 몸에 남아 있는 마취 가스로 인한 구역질 때문에 음식물을 토해 내고 결국 하루 종일 굶었다. 나중에 병실로 온 레지던트에게 '청력 회복을 위한 인공 와우 삽입 수술은 일찍 끝났는데 오른쪽 귀에서 발견된 추가 염증을 제거하느라 수술이 여섯 시간으로 길어졌다'는 설명을 들었다. 머리가 깨질 듯한 두통과 절개한 양쪽 귀 뒷부분 피부의 욱신거림이 간단하지 않은 수술을 받았다는 사실을 또렷이 알려 주었다. 내가 할 수 있는 건 다음 진통제 투약 시간까지 버티는 것이었다.

세상일이 항상 계획대로 되지 않는다는 건 알았지만 그래도 이번에는 예상했던 한도를 한참 넘어선 느낌이었다. 내일 퇴원은 물건너간 게 확실했다.

다시 듣게 된 순간

　수술 다음 날에도 통증은 쉽사리 가라앉지 않았다. 고통을 덜어 줄 진통제 투약 시간만 손꼽아 기다렸다. 인내심의 한계를 시험하는 통증과 함께 새로운 소음이 나를 찾아왔다. 1차 염증 제거 수술 직후 들리기 시작한 에어컨 실외기 돌아가는 굉음에 겨우 무덤덤해졌는데 이번에는 날카로운 고음역대의 전파음이 들리기 시작했다. 손상된 청력을 회복하기 위해 머릿속에 삽입된 내부 기기가 청각과 연결되면서 나는 소리 같았다. 내 머릿속을 채우는 저음과 고음이 아름다운 멜로디라면 하모니를 만들어 냈겠지만 기괴한 굉음과 날카로운 쇳소리가 동시에 머릿속을 가득 채우는 현실은 그야말로 작은 지옥이었다.

　저음과 고음의 불협화음이 만드는 고통에 정신을 잠식당하지 않는 방법은 지금 이 과정이 꼭 필요한 것이고 결국은 이 고통도 가라앉을 거라고 자신을 설득하는 것뿐이었다. '이

봐, 석 달 가까이 소리를 못 들었으면서 이 정도는 참으라고. 지금의 적응 기간은 청력 회복을 위해 꼭 필요한 시간이야.' 라고 스스로에게 주문을 걸었다.

수술 후 다음 날 퇴원은 불가능했기에 안전하게 경과를 지켜보다 결국 5일 후에 퇴원했다. 다음 진료일은 퇴원 후 일주일 후로 잡혔다. 대개 귀에 달팽이관을 대신할 내부 장치를 삽입하는 수술이 끝난 뒤 3주 후에 소리를 들을 수 있는 외부 장치를 장착하는데 나는 후천적으로 갑자기 소리를 못 듣는 상황인 만큼 다른 환자와 달리 그 시기가 무려 2주나 앞당겨졌다. 나 역시 하루라도 빨리 소리를 듣고 싶어서 촉박한 일정을 오히려 반겼지만 수술을 담당한 주치의는 내가 기대한 것 이상으로 자신에 차 있었다. (인공 와우 수술은 귀 뒷부분을 절개하고 청신경에 소리를 전달해 줄 내부 임플란트를 삽입한 후 수술 부위가 안정된 3주 후에 외부 소리를 전송해 주는 외부 장치를 장착한다.)

퇴원 후 다시 서울로 향하는 기차 안에서 그동안 억눌러두었지만 완전히 지울 수 없었던 걱정이 스물스물 올라왔다. 만약 이 수술이 효과가 없다면 어떻게 하지? 청력을 잃은 상황에서 내가 가질 수 있는 직업은 뭐가 있을까? 꼬리에 꼬리를 물고 걱정이 이어졌지만 외부 장치를 장착한 후에 고민을 하자는 이성적 판단으로 머릿속의 불필요한 사념을 종결시켰다.

다음 진료일에 시간에 맞추어 병원에 왔다. 외부 기기를 달기 전 청각 상실을 처음 공식적으로 선고한 청력검사실에 다시 들어가자 여러 감정이 교차했다. 청력 재활을 전담하는 청각사가 소리를 듣게 해 줄 외부 장치를 책상에 올려놓고 간단한 설명을 했다. 한시라도 빨리 외부장치를 장착하고 싶은 마음 때문이었는지 그 5분이 마치 한 시간처럼 느껴졌다. 설명이 끝나고 드디어 청각사가 내 귀에 외부 장치를 장착했다. 외부 장치에 붙은 자석이 내부 장치가 삽입되어 있는 귀 뒷부분과 접속되자 "치지직……" 하는 작은 소리와 함께 외부 소리가 들리기 시작했다. 순간 종교는 없지만 나도 모르게 '오 하느님 제가 다시 듣게 되는군요.'라고 속으로 되뇌었다.

이어서 청각사의 추가 설명이 이어졌다. 처음에는 소리가 잘 안 들릴 수도 있다, 특히 요즘처럼 마스크를 쓰는 상황에서는 화자의 입술 모양과 분위기를 읽을 수 없어서 처음부터 다시 듣기 훈련을 하는 사람은 더욱 말을 알아듣기 어렵다, 그렇지만 실망하지 않고 꾸준히 노력하는 게 그 무엇보다 중요하다는 지침이었다.

이 모든 내용을 종이에 쓴 글이 아니라 귀를 통해 들을 수 있다는 것이 너무나 감격스러웠다. 앞으로 헤쳐 나가야 할 관문들이 많다는 충고는 소리를 다시 듣게 된 순간에도 중요하지 않았다. 소리를 되찾은 기분을 만끽하며 걱정은 뒤로 미루고 싶었다. 병원을 나서 택시를 타고 가는 와중에 앰뷸런스의 날카로운 사이렌이 귀에 꽂혔다. 소리만 들리고 보이지 않았던 구급차가 잠시 뒤 차 옆으로 지나갔다. 시각보다 청각이 앞서 주변 상황을 인지한 순간이었다. 청력이 돌아왔다는 안도감이 나를 감쌌다.

희망과 절망의 롤로코스터

인공 와우 장치로 소리를 듣는 과정은 녹록지 않았다. 신생아가 자라면서 백지 상태에서 걷기와 말하기를 배우는 것처럼 나는 듣기를 원점에서 다시 시작해야 했다. 특별히 의식하지 않고 눈을 뜨면 보고 귀로 소리가 들리면 듣는 무의식적인 감각기관의 반응을 의도적으로 조절하는 건 40년 넘게 몸에 배지 않았던 과정이었다. 기기를 장착하고 소리를 다시 들을 수 있다는 흥분이 가라앉은 다음 날부터 불편함과 불안감이 몰려왔다.

가장 먼저 나를 불편하게 만든 건 선택적 소리 확장성이었다. 인공 와우 장치가 기계라서인지 모르겠지만 문을 닫는 소리, 물 내리는 소리, 내비게이션 안내음 등 무생물이 내는 소리는 아주 잘 들리고 심지어 증폭되어 들렸다. 식탁에 앉아 있는데도 멀리 떨어진 싱크대에서 물을 틀거나 그릇이 부딪치는 소리가 바로 귀 옆에서 나는 것처럼 크게 들렸다. 길을 걷다가 길 건너편에서 차 문을 닫으면 바로 내 앞에서 문이 닫히는 것 같았다. 듣고 싶지 않은 소리를 그것도 볼륨을 크게 해서 듣는 건 고역이었다.

반면 사람의 목소리는 잘 들리지 않았고 내가 기억하던 목소리와도 달랐다. 내 머릿속에 분명히 남아 있는 엄마의 목소리 기억이 있는데 내 귀로 들리는 소리는 높은 하이톤의 기계음이었다. 흡사 「스타워즈」에 등장하는 황금색 로봇 C-3PO의 인공 목소리 같았다. 즐겨 듣던 음악은 감미로운 멜로디 대신 쿵쾅거리는 소음으로 들릴 뿐 가사를 인식할 수 없었다. 특히 휴대전화 통화는 과연 내가 예전처럼 청력을 회복할 수 있을까 싶은 결정적 회의감을 심어 주기에 충분했다. 사람의 목소리가 기계로 다시 한번 전환되는 과정을 거쳐서인지 여간 집중하지 않고서는 단어 몇 마디를 알아채기도 버거웠다.

처음에는 소리를 다시 들을 수 있다는 사실만으로도 세상을 다 가진 것 같았지만 시간이 지날수록 예전 청력의 50퍼센트 수준이라도 회복할 수 있을까 하는 의구심이 머릿속을 점령했다. 분명 소리를 전혀 못 듣던 상황보다는 희망적이지만 빠르게 흘러가는 대화나 티브이 속 목소리가 들리지 않는 현재 상황은 내 좌표를 희망에서 서서히 절망 쪽으로 옮겨 놓았다.

명확하게 들리지 않는 소리는 반갑기보다는 의미 없는 소음에 불과했다. 소리를 다시 듣기 위해 인내해야 했던, 상상을 초월한 통증과 소리 없는 세계에 적응하기 위해 쏟았던 무수한 노력과 시간이 다 헛된 것처럼 느껴지기까지 했다.

청각도 조율이 되나요?

피아노가 아름다운 소리를 유지하기 위해서는 정기적인 조율이 필요하다. 조율사는 피아노 건반 88개와 건반을 잡고 있는 220여 개의 피아노 줄을 일일이 두드려 보고 정확한 소리를 내도록 자신의 기술과 감각을 총동원해 정돈된 소리를 빚어낸다.

인공 와우 수술 환자 역시 마치 피아노의 조율처럼 '매핑(mapping)'이라는 청각 조율을 정기적으로 받아야 한다. 인공 와우와 외부 기기를 통해 소리를 들을 때 개인에 따라 편하게 들을 수 있는 소리의 크기가 다르기 때문이다. 매핑을 통하여 편하게 들을 수 있는 음역대 수준의 자극에서 일반 소리를 청취하게 하고 소리가 너무 커서 불편을 느끼면 그 음역대의 소리를 제한해 불편하지 않도록 조절한다.

기계 장착 후 일주일이 지나 첫 번째 매핑일이 다가왔다. 병원에 도착해 청각사와 상담이 시작되자마자 솔직한 속

내를 털어놓았다. "지난 일주일간 희망과 절망 사이를 오갔습니다. 이 정도로 소리가 들린다면 과연 얼마나 청력을 회복할 수 있을지 의구심도 들었고요. 반면에 이 정도라도 듣는 것에 감사해야 하나 하는 마음도 들었습니다." 이 밖에도 하이 톤의 목소리가 기계음처럼 들리고 사물의 소리가 크게 증폭된다는 여러 고충을 속사포처럼 쏟아 냈다.

내 말이 끝나자 청각사가 차분히 말을 이었다. "환자분, 제가 여태까지 치료해 본 경험을 돌아보면 황승택 환자의 인공 와우 적응 속도가 가장 빠르고 좋은 편이에요. 수술 후 일주일 만에 외부 장치를 단 환자도 없었어요. 또 일주일 만에 소리를 듣고 남성과 여성의 목소리를 구분한 분도 보지 못했어요. 다만 청력을 회복하는 데는 많은 시간이 필요해요. 중요한 건 소리가 들리는 과정에 일희일비하지 않고 꾸준한 노력을 다하는 겁니다."

청각사의 차분한 설명은 비관 모드로 흐르던 내 재활궤도를 조금이나마 긍정 모드로 이동시켰다. 그럼에도 확신이 들지 않아 마음속에 담아 두었던 질문을 던졌다. "정상 청력을 100퍼센트로 가정했을 때 제 생각에는 재활이 잘되어도 50~60퍼센트 수준에 머무르는 것 아닐까요?" 청각사는 즉각 대답했다 "아니요. 저는 황승택 환자분의 속도로 꾸준히 노력한다면 80~90퍼센트까지 가능하다고 봅니다." 청각사의 말을 100퍼센트 신뢰할 수는 없었지만 어느 정도 위로가 된 건 사실이었다.

집으로 돌아오면서 나는 내가 섣부른 판단을 내렸다는 걸 깨달았다. 인공 와우를 장착한 지 고작 일주일밖에 시간이 지나지 않았고 청각을 조율하는 매핑은 단 한 번밖에 받지 않은 상황임에도 청력이 좋아지기 어려울 거라는 성급한 결론을 내린 셈이었다. 46개월간 끈질기게 혈액암과 생사를 건 사투를 벌여 놓고서는 인공 와우 수술을 한 지 일주일 만에 불편하다는 이유로 비관적 생각에 빠진 자신이 부끄러웠다. 민감한 감각기관의 통증과 장애가 초래하는 좌절감이 크다는 것을 고려하더라도 내 마음은 나도 모르는 사이 작은 충격에도 크게 흔들릴 만큼 나약해져 있었나 보다. 청력 회복을 위한 긴 마라톤을 위해 다시 마음의 신발 끈을 묶어야겠다. 42.195킬로미터 중 내가 지금까지 뛴 건 고작해야 1킬로미터도 안 될 테니.

완벽한 위로

8월 말 병원을 찾았다가 갑작스럽게 입원하면서 두 딸에게 아빠가 오랫동안 병원에 있어야 한다는 인사도 건네지 못했었다. 입원한 후에는 코로나 사태로 환자 면회가 전면 금지된 데다 병원으로 면역력이 약한 아이들을 부르고 싶은 생각도 전혀 없었기에 아이들을 볼 수 없었다. 1차 수술 후 퇴원할 때에는 고민 끝에 집 대신 익산 본가로 내려갔다. 2차 수술 직전까지 최상의 몸 상태를 유지해야 한다는 주치의의 권고에 따른 결정이었다. 이 때문에 두 딸과 이별한 시간은 거의 100일을 채워 가고 있었다.

드디어 2차 수술을 끝내고 집에 갈 날이 임박해서 여덟 살 첫째에게 문자를 보냈다. "혜린아, 아빠가 아프고 싶지 않았는데 아파서 조금 속상해. 아빠 이해 좀 해 줘." 평소에는 답장이 늦던 딸이 이날은 1분 만에 답장을 보내왔다. "아픈 게 아빠 탓은 아니니까 괜찮아. 근데 아픈 게 잘못인가?" 휴대전화 화면을 보고 한동안 멍해졌다. 아픈 이후 누구도 줄수 없을 거 같았던 온전한 위로를 딸에게서 처음 받은 느낌이었다. 뜨거워진 눈시울을 닦고 딸에게 "아파서 혜린이랑, 채린이랑 같이 못 놀아 줘서 미안해서 그러지^^."라며 답장을 보냈고 "괜찮아."라는 시크한 답이 왔다.

한결 편한 마음으로 100일 만에 집에 도착하자 아이들은 조건 없이 아빠를 반겨 줬다. 내심 소리를 잘 듣지 못하는 아빠를 불편해하면 어쩌나 걱정했지만 아이들의 사랑은 무조건적이었다. 여덟 살 첫째는 시키지도 않았는데 말을 할 때 큰 제스처를 써 가며 아빠가 이해하기 쉽게 말을 하려고 노력했다. 다섯 살 둘째는 아빠가 지금 소리를 잘 못 듣는다고 하자 "이제 큰 소리로 말해 줄게."라며 고함을 질렀다. 물론 둘째는 이 약속을 금세 잊었다.

내가 두 딸에게 받은 위로가 무엇인지 생각해 봤다. 우선 장애 유무와 상관없이 있는 그대로의 나를 예전과 같이 대해주는 일관성, 그리고 어쩔 수 없이 질병의 원인을 자기 자신에게서 찾으며 괴로워할 수밖에 없는 환자의 원죄 의식을 없애 주는 '아픈 게 잘못은 아니다'라는 격려와 공감이었다. 아이들의 계산적이지 않은 순수한 마음은 일시적 청력 상실로 움츠러든 나를 모처럼 활짝 일어서게 해 줬다.

비록 나는 운 좋게도 청력 장애를 치료할 수술을 받을

수 있었고 게다가 가족의 품에서 위로와 지지를 받았다. 그러나 우리 사회에 선천적 이유로든 후천적 이유로든 장애나 질병을 감당하는 사람이 모두 가족에게서 이 같은 지지와 위로를 받기를 기대하기는 어렵다. 더구나 장애나 질병으로 본인과 가족의 경제활동이 중단되면 그 가족 구성원은 질병과 장애뿐 아니라 생존의 위기에 직면하게 된다.

따라서 장애와 질병을 당사자와 가족이 오롯이 책임져야 할 개인적 문제로 한정해서는 안 된다. 장애나 질병은 사회 구성원 누군가에게 예고 없이 갑자기 닥칠 수 있는 사건이다. 그렇기에 장애나 질병을 가진 사람도 최대한 일상생활을 영위하고 경제적 자립을 할 수 있도록 직업을 포함한 포괄적 사회안전망 구축은 필수다.

"질병을 앓게 됐나요? 사고로 장애가 생겼나요? 걱정하지 마세요. 질병과 사고는 당신의 잘못이 아닙니다. 우리가 당신의 치료와 재활과 자립을 돕겠습니다 안심하세요."라는 따뜻한 위로와 지지를 이 사회가 건넬 수 있도록 내 힘을 보태고 싶다.

복직에 나선 이유

보통의 직장인은 한 번도 하기 힘든 병가 휴직 후 복직을 두 번이나 하게 됐다. 2015년 말에 시작한 첫 휴직은 세 번 발병한 혈액암과 치열한 전투를 벌이느라 복직까지 3년 9개월의 시간이 걸렸다. 2020년 급성중이염으로 시작한 두 번째 휴직은 외과수술을 두 번이나 했음에도 다행히 4개월 만에 마무리 지을 수 있었다. 그러나 복직에 임하는 마음가짐은 첫 번째와 확연히 달랐다.

첫 번째 복직 때는 설렘과 기대로 가득했다. 2019년 7월 복직 당시에는 혈액암 치료가 종결되고 무사히 1년을 보낸 터라 재발에 대한 심리적 공포감을 제외하고는 아주 건강했다. 게다가 직장에 복귀하는 것이 가능할까 하는 나 자신의 의구심과 주변의 우려를 딛고 일상으로 복귀하는 과정이었기에 의욕도 충만했다.

반면 두 번째 복직을 앞둔 지금은 긴장된 마음과 걱정이 앞선다. 청력이 100퍼센트 돌아오지 않은 상황에서 복귀하기에 혹시 업무를 수행하는 과정에서 실수를 하거나 다른 동료에게 피해를 주면 어쩌나 하는 불안감 때문이다. 게다가 코로나가 한창인 시기에 대중교통으로 출퇴근을 해야 하는 상황도 걱정스럽다. 그럼에도 복직을 결심한 건 주치의와 청각 재활 담당자가 빠른 일상생활 복귀를 권했고 뉴스 한가운데서 일을 하는 것에 희열을 느끼는 내 성정도 한몫했다.

　빠른 청력 회복을 나보다 더 확신했던 주치의는 귀 한쪽 상처 부위가 완전히 아물지 않았음에도 복직 시점에는 큰 문제가 없을 거라며 대범한 입장을 취했다. 하루라도 빨리 일상에 복귀하려는 환자를 의사가 만류하는 각종 영화나 드라마에 익숙했던 나는 조금 당황스러웠다. 청각사 역시 "다양한 소리와 업무 환경에서 일하는 것이 소리 듣는 능력을 회복하는 데 더 도움이 될 겁니다."라는 의견을 피력했다. 집에서 딸과 아내의 목소리만 듣기보다는 예전 직장 동료들과 일하며 다양한 상황에 대처하는 것이 청각세포를 활성화시킬 거라는 취지였다. 두 딸과 즐거운 시간을 보내며 각종 반찬을 만들고 요리 실력을 키우는 기쁨도 컸지만 시시각각 요동치는 뉴스 현장에 대한 끊을 수 없는 관심은 복직 결심을 부추겼다.

　문제는 다른 직업보다 특히 방송이라는 영역과 기자라

는 직업이 합쳐진 방송기자는 동료, 스태프 들과 고도의 실시간 커뮤니케이션을 바탕으로 한다는 점이다. 그렇기에 예전과 같지 않은 청력 때문에 어려움을 겪을 수도 있다. 하지만 두려움에 움츠러들어 내가 직면해야 할 문제를 미루기보다는 먼저 부딪치고 필요하다면 동료들에게 핸디캡에 대한 양해를 구하며 내 몫을 하는 게 훨씬 나은 선택이라는 확신이 들었다.

이 같은 생각은 휴직 기간에 읽었던 청각 장애와 각종 장애에 대한 책과 자료, 다큐멘터리 영화를 보며 더욱 굳어졌다. 책과 영화에 등장한 주인공들은 자신의 장애에 주눅 들지 않고 사회에서 자기 몫을 해냈을 뿐만 아니라 장애에 대한 배려받을 권리를 당당하게 주장하며 필요한 제도를 만들어 냈다. 이들의 이런 선구적 행동은 자기 자신뿐 아니라 뒤늦게 같은 길을 걸을 동료 장애인을 위한 훌륭한 주춧돌이 됐을 것이다.

나는 고작 100일간의 청력 상실을 경험했고 일부분 청력을 회복한 상태라 장애를 가졌다고 말하기 어려울 수도 있다. 하지만 일시적 부분 장애라 할지라도 이를 숨기거나 부끄러워하지 않고 일상생활에 복귀함으로써 장애에 대한 배려에 무감각한 우리 사회를 조금이나마 변화시키는 계기가 된다면 좋겠다. 이 작은 실천이 내가 듣지 못했을 때 불편함을 덜어

줬던 각종 제도를 만든 선구자들의 노력에 조금이나마 보답
하는 길이라 믿는다.

친절하지 않아도
다정할 수 있다

2020년 급성중이염으로 입원해서 처음 만나게 된 이비인후과 주치의는 참 독특한 분이다. 사람들이 흔히 가진 의사에 대한 통념과 전혀 반대되는 성격이기 때문이다. 실력이 뛰어난 의사는 대개 환자들에게 살갑게 대하지 않을 것이라는 선입견이 있다. 그래서인지 무뚝뚝한 의사라도 실력이 좋다면 환자는 그 무뚝뚝함을 거부감 없이 받아들인다.

내 담당 주치의의 평소 태도도 살가운 의사와는 거리가 멀다. 환자에게 불필요한 질문은 하지 않는 편이고 환자가 질문하면 아주 단답형의 대답을 한다. 그럼에도 나는 딱히 불만은 없는 편이었다.

뒤늦게 알게 된 건 밖으로 표현을 안 하지만 환자에 대한 애정이 깊다는 거다. 내가 입원 후 청력검사를 받을 때 주치의가 검사실 밖에서 나를 지켜봤었다는 이야기를 엄마에게 듣고 깜짝 놀랐다. 진료 중에 자신이 청력검사를 지켜본 일을 나에게 전혀 언급한 적이 없기 때문이다. 또 본인의 진료가 없는 토요일에도 전공의에게 시킬 수 있는 경과 관찰을 굳이 직접 해서 환자인 나에게 작은 감동을 주기도 했다.

이런 이른바 '츤데레' 정신이 가장 강력한 형태로 발현된 일이 최근 있었다. 청각 수술 이후 언어능력 평가를 위해 검사실 앞에 서 있는데 외래진료를 하러 병동으로 가던 주치의가 우연히 나를 보다가 귀쪽 수술 부위를 살펴보더니 이따가 들러서 진료를 잠깐 보고 가라고 하셨다.

'오, 이거 상당히 스위트한데.'라는 감정을 느끼며 언어능력 평가를 받고 외래진료를 봤다. 진료를 마친 주치의는 "오늘 상처 치료를 했는데 내일도 큰 변화가 없으면 수술 방에서 간단한 처치를 할 거예요."라고 말했다. 나는 간단한 조치를 해야 하는데 진료실에 있는 기구가 부족해서 수술 방을 잠시 진료 장소로 쓰겠다는 뜻으로 이해했다.

다음 날, 주치의 선생님은 "수술 방에서 조치를 할게요. 나가면 안내를 해 줄 거예요."라고 말씀하셨다. '별거 아니겠지.' 생각하며 나는 안내받은 건물 5층으로 향했다. 나의 가벼운 마음은 5층 건물의 푯말을 보자마자 무겁게 변해 버렸다. 그 방에는 '당일 수술실'이라는 안내가 붙어 있었다. '간단한 조치라고 했으니 별거 아니겠지 하며 애써 마음을 가다듬었지만 수술 동의서를 쓰고 수술복으로 갈아입어야 한다는 안내를 받자 '이건 진짜 정식 수술과 똑같은데.' 하는 의구심을 지울 수 없었다.

이윽고 수술 담당 간호사의 안내를 받아 수술실로 향했다. 이전 두 번의 수술 때는 이동 침대에 누워서 실려 갔는데 이번에는 또렷한 의식으로 그 공간을 두 발로 걸어가니 기분이 미묘했다. 수술실 입구를 지나다가 커다란 복도로 이어졌는데 양옆 역시 전부 수술실이었다. 수술 방의 작은 창 사이로 힐끗힐끗 수술이 진행되는 장면도 보였다. 새로운 것에 대한 관찰과 호기심이라는 기자로서의 본능은 여기서도 멈추지 않았다.

내가 시술받을 수술실로 들어가 수술대 위에 누웠다. 몸을 눕혔을 때 느껴지는 차가운 냉기에는 도저히 적응이 되지 않을 것 같았다. 지난번 정식 수술 때보다 스태프가 적었다. 당시에는 마취 가스를 들이마시자마자 기억이 없었는데 이번에는 우선 발과 몸이 움직이지 않도록 벨트가 채워졌다. 이후에 얼굴과 몸에 천이 덮인 상태에서 뭔가가 시작됐다.

양쪽 귀에 강렬한 통증이 지나갔다. 이건 국소마취구나. 뭔가가 피부를 뚫고 들어가는 느낌이 들었다. 피부 안으로 뭔가를 삽입해서 불필요한 물질을 빼내고 있구나. 의사가 강력한 지압으로 피부를 눌렀다. 내부에 있는 물질을 제거하기 위해 압력을 가하는구나. 의식이 또렷하니 내 몸에 가해지는 고통에 따라 나 나름의 의학적 추론이 계속됐다. 이런 시술이 양쪽 귀에 한 시간 동안 진행됐다. 눈을 가렸던 천이 치워지고 포박이 풀린 후 나는 걸어서 수술 방을 나왔다. 수술 방을 걸어 나가면서 수술을 진행한 전공의에게 주의 사항과 수술에 대한 설명을 들었다. "양쪽 귀에 있던 염증과 괴사한 조직을 제거했습니다. 인공 와우 수술을 받은 환자분들 중에 수술 부위가 아물어 가는 과정에서 가끔 이런 감염이 생기기도 합니다."

나는 옷을 갈아입고 수납을 마친 후 택시를 타고 집으로 향했다. 간단한 시술이라고 안내받고 수술에 가까운 시술을 받아서인지 마음이 혼란스러웠지만 수술이라고 하면 내가 불필요한 걱정을 할까 봐 편하게 이야기했으리라고 생각했다. 그 후의 진료에서 주치의도 특별한 말이 없었고 나도 이의를 제기하지 않았다.

입에서만 맴도는 말
"다시 말해 줄래요?"

용감하게 복직을 했지만, 용기가 청력까지 빠르게 증폭시키지는 못했다. 복직 후 처음으로 마주한 부장과의 인사에서도 약 70퍼센트 정도를 정확히 들을 수 있었고 나머지 30퍼센트는 허공으로 사라졌다. 특히 코로나의 대유행은 나에게 더 큰 어려움을 초래했다. 감염 방지를 위해 회사 내부에서도 마스크를 쓰는 게 규칙이 되면서 말하는 사람의 입 모양을 볼 수 없고 목소리마저 마스크를 통해 한 번 더 걸러지면서 나는 들을 때 이중의 '장벽'과 마주해야 했다.

그나마 조용한 사무실에서 나누는 대화는 집중하면 들을 수 있었지만, 식사를 위해 식당에 들어가면 매장에 틀어놓은 음악 소리와 옆 테이블의 대화 소리가 합쳐지면서 거리 두기로 식탁 건너편에 앉은 동료들의 목소리는 소음에 파묻히곤 했다. 얼굴은 마주하고 있지만 대화의 맥락을 놓치다 보니 같은 테이블에 앉아 있는데도 나 혼자 다른 시공간에 있는 느낌이 들기도 했다.

동료의 말을 듣는 것에 집중하는 것보다 나를 더 힘들게 한 건 했던 말을 다시 해 달라고 부탁하는 것이었다. 복직을 하면서 이 말을 하는 걸 절대 부끄러워하거나 피하지 말자고 다짐했음에도 "다시 말해 주겠어?"라는 말은 입안에서만 맴돌 뿐 입 밖으로 발설되지 못했다.

상대방은 내가 이제 잘 들을 수 있다고 생각하며 대화를 죽 이어 가는데 중간에 대화를 끊고 "잠깐만 뭐라고 했어", "다시 말해 줄래?"라는 말이 설 자리는 없었다. 그런 말을 했다간 연속되는 드라마를 처음 본 사람이 꾸준히 그 드라마를 봐 온 열혈 시청자가 본방송에 몰두하는 와중에 장면마다 "왜 주인공이 저런 말을 해?" "주인공은 저기서 왜 저런 행동을 하는 거야?"라고 물으며 방해하는 불청객이 되는 거 같았다.

도대체 왜 나는 내가 중요한데도 남을 의식하며 "다시 말해 줄래?"라는 간단한 말을 하지 못할까를 스스로에게 되물어봤다. 가장 큰 이유는 내가 아직 일할 준비가 되지 않은 상태이고 예전처럼 일하지 못할 거라는 인상을 줄 것 같은 두려움 때문이었다. 청력 회복 중이라고 미리 설명했지만, 동료들은 옛날과 똑같이 들을 것이라고 생각하고 말을 한다. 나로서야 평소보다 말을 또박또박 하거나 천천히 말해 주면 좋겠지만 동료들이 갑자기 자신이 써 왔던 언어 습관을 바꾸기는 어렵다. 특히 우리 사회는 장애인을 어떻게 대하는 게 좋은지 가르치지 않는다. 그래서 대화를 알아듣지 못했음에도 알아들은 척 지나가거나 고개를 끄덕이게 된다.

또 남에게 지식이나 경험의 부재가 아닌 신체 기능 문제로 도움을 요구하는 것이 감정적으로 내키지 않았다. 부탁과 도움은 상호 시혜적으로 오고 가야 한다는 고정관념에다 알량한 자존심이 당연한 도움 요청을 가로막았다.

나는 청력 재활에 집중하면서도 동시에 과거의 사고방식에서도 벗어나야 한다. 내 자아는 청력 회복 수술 전 그대로일지 몰라도 내 신체는 과거와 같지 않은 게 인정하기 싫어도 마주해야 하는 냉정한 현실이다. 약해 보이는게 싫어서 잘 듣는 척하다가 중요한 정보를 빠뜨리거나 오해를 살 수도 있다. 나에게 주문을 건다. "다시 말해 줄래요?" 이 말은 내가 부족하다는 뜻이 아니다. '당신의 의사를 더 정확히 알고 싶다'는 뜻의 정중하고 격식 있는 요청이다.

기분 좋은(?) 접촉 사고와
아쉬운 안내 방송

인공 와우 덕분에 소리를 다시 듣게 됐지만 예전 상태에 못 미치는 것 중 하나는 바로 평형감각이다. 인체는 시각, 전정기관(귀 안쪽 내이에 위치), 체성 감각(피부, 근육, 디스크, 인대 등) 등을 통해 몸의 균형을 유지하는데 달팽이관 역시 전정기관을 이루는 주요 기관으로서 평형을 담당하는 중요한 역할을 담당한다. 인공 와우는 외부 소리를 들을 수 있는 청각 능력을 회복시켜 주지만 몸의 균형감각까지 복원하지는 못한다. 그래서 아직까지 앉았다가 일어서거나, 기울어진 길을 걸을 때는 몸이 한쪽으로 쏠리거나 어지럼증을 느낀다. 의료진은 달팽이관이 담당했던 역할 일부를 시각과 다른 신체 기관이 더 부담하는 방향으로 신체가 적응해 갈 것이라고 설명해 주었다.

그럼에도 수술한 지 한 달이 지나도록 어지럼증은 여전하고 특히 차에 탔을 때는 평소와 달리 시선이 많이 흔들리는 걸 경험한다. 그래서 가급적 운전을 피했지만 둘째 유치원이 집에서 거리가 있어서 결국 내가 운전을 해야 했다. 다행히 어지럼증이 있기는 해도 집중을 하면 운전에는 큰 지장이 없었다. 차츰 경험이 쌓이자 운전 시간과 거리를 조금씩 늘리기 시작했다.

아이들 저녁을 챙겨 주고 잠깐 외출해서 돌아오는 길에 버스가 비상등을 켜고 서 있었다. 앞차도 왼쪽으로 버스를 우회하기에 나도 무심결에 그 차를 따라 좌측으로 방향을 바꿨는데 '드르륵' 하며 차가 부딪치는 소리가 났다. 내가 미처 확인 못 한 차가 뒤에서 1차선으로 진입하고 있었나 보다. 나는 사고 현장을 사진으로 찍은 후 도로변으로 차를 이동했다. 자동차 사고를 접수하려고 보험사 애플리케이션을 켰다. 긴급 출동 서비스는 통화할 필요도 없이 애플리케이션으로 신고를 할 수 있기에 사고 접수도 통화 없이 진행해 보려고 했지만 가능하지 않았다. 할 수 없이 사고 접수 번호를 누르고 상담원에게 사고 경위와 위치를 설명하고 상대방 운전자에게 사고 접수 번호를 건네준 뒤 집으로 왔다.

집에 와서 내 부주의를 탓하던 중 갑자기 전화 통화를 못 하던 내가 교통사고 접수를 했다는 사실을 깨닫게 되었다. 청력을 잃었던 시기에 이런 상황이 생길 가능성 때문에 운전을 못 할 거 같다고 생각을 했었는데. 그 우려의 순간을 나도 모르게 패스해 버린 셈이다. 마치 충분한 잠재력을 가진 영화 속 주인공이 평소에는 계속 실패하던 과제를 위기의 순간이 닥치자 부지불식간에 성공한 느낌이었다. 이 사실을 깨닫자 사고로 보험금이 할증되면 안 될 텐데라는 걱정 대신 이제 사고 대처를 할 정도로 청력이 회복되었다는 자신감이 머릿속을 채웠다.

이런 자신감이 한 풀 꺾이는 사건은 혹한과 함께 찾아왔다. 아이들과 식사를 마친 후 설거지를 하고 있는데 아파트 안내 방송이 들렸다. "관리 사무소에서 알려드립니다."라는 서두 부분과 "강추위가 예상됩니다."라는 말은 들렸지만 나머지 말은 들리지 않았다. 안내 방송을 하시는 분이 나이가 많고 발음이 또렷하지 않다 보니 아무리 귀를 기울여도 다른 말은 들을 수 없었다. 여태까지 아파트 안내 방송으로 중차대한 일이 안내된 적은 없다는 경험칙을 떠올리며 일과를 마무리했다.

다음 날 아침 화장실에 들어갔을 때 뭔가 잘못됐다는 걸 알 수 있었다. 세수를 하려고 세면대의 수도꼭지를 돌렸지만 물이 나오지 않았다. 변기도 물이 말라 있었고 싱크대에서도 물은 나오지 않았다. 집은 한겨울 속의 사막이 되어 버렸다. 오전 8시가 되자 관리 사무소에 전화를 했다. 너무 이른 시각이라 전화를 받을까 걱정했지만 다행히 전화 연결이 되었고

물이 안 나온다고 신고하자 먼저 신고된 집부터 처리를 하고 방문하겠다는 답변이 왔다.

두 시간 후 관리소 직원들이 수도 계량기 부분을 온풍기로 녹여 주자 다행히 우리 집의 물길은 다시 열렸다. 관리소 직원들은 어제도 방송을 했었는데 왜 물을 조금 틀어 놓지 않았느냐고 물었다. 나는 그저 못 들었다고 대답할 수밖에 없었다. 변명에 가까웠지만 그 말은 사실이었다. 안내 방송이 나오는 것은 알았지만 전체 내용을 듣지 못한 건 사실이니까. 앞으로 안내 방송이 나오면 딸들에게 잘 들어 달라고 부탁해야겠다. 청력 재활을 위한 길은 아직도 멀다. 자만하기에는 이르다.

과거로 돌아갈 수 없다는 것의 무게

혈액암 투병보다 최근 급성중이염 관련 재활 과정이 힘들었던 이유를 시간이 쌓여 갈수록 더욱 뚜렷이 알게 되었다. 두 질병이 지나고 난 다음 내 몸에 남긴 상처는 확연히 종류가 달랐다.

혈액암은 다행히 암세포가 다른 장기로 전이되지 않아서 치료 중 외과수술을 받지 않았고 치료 종결 후에 피부 발진, 고관절 통증 등의 후유증을 만들어 내긴 했지만 크게 손상된 신체 기능은 없었다. 상처는 생명을 위협할 만큼 깊었지만 다른 사람이 알아채지 못할 만큼 잘 아문 셈이다.

반면 급성중이염은 발병부터 회복을 위한 재활까지 소요된 시간은 매우 짧았지만 그 과정에서 처음으로 장애와 차별이라는 비자발적 배제를 경험했다. 전화 통화를 할 수 없어 이용할 수 없었던 여러 가지 사회 서비스와 청인(聽人) 전용으로 설계된 많은 제도 때문에 깊은 좌절에 빠지고 나는 이 사회에 부적격자라는 자괴감이 드는 순간도 많았다. 다행히 청력 회복 수술 이후 장착한 전자기기 덕분에 소리를 들을 수 있게 됐지만 예전과 똑같은 상태가 될 수 없다는 아쉬움은 지금도 문득문득 머리를 떠나지 않고 나를 우울하게 만들기도 한다.(인공 와우 기술이 발달해서 대부분의 소리를 들을 수 있지만 두 귀로 듣던 예전만큼 자연스럽지는 못하다. 사람의 목소리가 전과 다르게 들리고 특히 다양한 음역대의 음악은 소리가 뭉개서 들린다.) 상처는 얕고 빨리 회복됐지만 지울 수 없는 큰 흉터가 생긴 것과 같다.

이 복원될 수 없는 영구적 손실은 내가 질병에 걸렸다는 사실을 인정하는 태도에도 큰 영향을 끼쳤다. 혈액암이 1차로 발병하고 심지어 2, 3차 재발을 했을 때도 며칠간의 혼란은 있었지만 쉽게 현실을 인정하고 투병에 전념할 수 있었다. 반면 청력 재활을 하면서는 '내가 예전에 듣던 소리는 이게 아니었는데'라는 미련이 글을 쓰는 지금까지도 나를 붙들고 있다.

이 같은 경험을 돌아보다 보니 어쩌면 후천적 장애를 극복하는 과정이 선천적 장애보다 오히려 더 힘들 수 있겠다는 데까지 생각이 미쳤다. 티브이에서 보던 패럴림픽 참가자들 가운데 후천적 장애를 극복하기 위한 운동을 찾다가 선수로 나서게 되었다는 기사를 읽은 기억도 떠올랐다. 그분들이 극복한 것은 사고로 인한 단순한 운동능력 저하가 아니라 내가 예전으로 돌아갈 수는 없다는 무거운 절망까지 함께 이겨 낸 것이라는 생각을 이제야 할 수 있었다.

　이처럼 내가 겪은 청력 상실이 준 선물은 아프지 않았을 때 보지 못했던 것들을 새롭게 볼 수 있는 넓어진 시각인 것 같다. 혈액암 투병 이후 그 전에는 무심코 넘겼던 '이러다가 암 걸리겠네', '암 유발 정책'처럼 암 환자를 배려하지 못하는 가시 돋친 말의 폭력성을 알게 되었다. 이번 급성중이염으로 우리 사회가 신체 기능에 문제가 없는 사람 위주로 설계되고 운영되는 '건강 중심 사회'임을 강렬하게 체험했다. 또 장애나 질병을 교정해야 할 대상으로 여기는 의식을 은연중에 퍼뜨리는, '귀머거리 정책', '정신병자 같다'처럼 장애를 빗대는 정치인들의 발언에 분노해야 하는 이유도 확실히 찾았다. 이렇게 커진 인식과 마음의 폭이 줄어든 청력을 대신하길 빌어 본다.

질병과 장애를
새롭게 바라보다

장애인 배려와 미국 스쿨버스

　　2부에서 소개한 웹툰 「나는 귀머거리다」의 에피소드 중 가장 기억에 남는 것은 45화 '첫 강의'다. 내 안에 나도 모르게 존재할 수 있는 다름과 개성에 대한 거부감을 점검해 보는 훌륭한 리트머스지 역할을 하기 때문이다.

　　이 에피소드는 대학교에 신입생으로 입학한 이지연 작가가 수업 시간에 실제로 경험한 사건을 바탕으로 쓰였다. 이 작가는 초중고교 시절 비장애인 학교를 다닐 때는 선생님의 입술과 칠판만 쳐다보는 답답한 생활을 해 왔다. 귀가 들리지 않아 선생님의 말을 조금이라도 더 알아듣기 위해 선생님 입술에 집중해야 했고 필기를 하거나 다른 쪽을 보며 하는 선생님의 말은 들을 수 없어서 멀뚱히 지내는 시간도 많았다. 그러나 대학에 입학해 신세계를 경험한다. 강의 내용을 바로 옆에서 실시간으로 컴퓨터 화면에 입력해 주는 대필 지원 서비스 덕분에 처음으로 비장애인 학생들과 똑같이 실시간 강의를 듣게 된 것이다.

그러던 어느 날 활동 보조인이 10분 정도 늦겠다는 문자를 보냈고 이 작가는 "천천히 오세요."라고 답장을 보냈다. 수업 초반 10분 정도를 못 들어도 괜찮다는 생각을 하며. 강의 시간이 되자 교실로 들어온 교수님은 수업을 시작하려다가 이 작가의 활동 보조인이 오지 않은 것을 보고 뜻밖의 말을 꺼낸다. "이 학생 활동 보조인이 도착하지 않았다. 그래서 나는 수업을 시작할 수 없다." 청각 장애인 한 명을 위해 다수가 수업 시작을 늦추는 뜻밖의 상황이 발생한 것이다. 이 작가는 교수님의 태도에 다른 학생들보다 더 놀라며 안절부절못했다. 그가 경험한 세상은 장애인들이 비장애인 기준에 맞추는 게 당연했고 그 반대의 경우는 드물었기에.

이윽고 활동 보조인이 도착하자 교수는 "청각 장애인에게 당신은 귀와 같은 존재야. 당신이 늦으면 안 돼. 수업 늦은 것에 대해 다른 학생들에게 사과해요."라고 말했다. 그리고 왜 우리가 장애인 학생 한 명 때문에 수업을 손해 봐야 하나 하는 생각을 할지 모르는 학생들을 향해 다음과 같은 말을 하며 수업을 시작했다.

"나라마다 나라 특유의 정신병이 있다고 하거든? 근데 내가 볼 때 우리나라 특유의 정신병이 '눈칫병'이야. 누가 혼자 밥을 먹거나, 옷을 특이하게 입으면 안 지나가고 꼭 다시 봐. 그렇게 쳐다보는 것이 다름을 인정 안 한다는 시선이야. 이번 학기에 여기 청각 장애인 학생이 있는데 이 학생의 장애를 그대로 인정해야 해. 안 들린다고 이거에 대해 자네들이 '어이구' 이러면 곤란해. 누가 다리가 없다 이러면 신경 써서 그 사람이 불편하지 않게 하면 돼. 그런데 우리나라 사람들은 한 번 더 그 장애인을 쳐다보기만 할 뿐이야. 그런 일이 계속되다 보니까 우리나라 장애인들이 '내가 정말로 이상한 존재구나' 하고 생각하는 것 같아."

이 대목을 보며 나 자신을 저 상황에 대입시켜 봤다. 내가 암 투병과 청각 손실을 경험하지 않은 상황에서 저 자리에 앉아 있었다면 과연 아무 불평 없이 교수님의 행동을 받아들였을까? 자신이 없었다. 아마 나도 왜 한 명 때문에 다수가 손해를 봐야 하는 거냐며 전형적인 효용에 입각한 태도를 취했을 것 같았다.

하지만 합리적으로 보이는 구성원 전체의 편익 대신 배려가 우선되는 문화도 있다. 미국 도로에서 적용되는 스쿨버스 '절대 우선' 법칙이다. 미국에서는 스쿨버스가 정차하면 한 시간에 차 세 대가 지나갈 것 같은 한적한 도로에서도 양방향 차선의 모든 차량이 군말 없이 스쿨버스가 다시 출발할 때까지 자리에서 기다린다. 바쁘다고 스쿨버스를 앞지르는 행위는 용납되지 않는다. 미국 펜실베이니아주에서는 멈춰선 스쿨버스를 그대로 지나치면 60일의 면허정지 처분과 벌점 5점, 벌금 250달러를 내야 한다. 성인들의 바쁜 용무보다 어린아이의 안전을 우선시하는 의식이 확고히 자리잡은 덕이다.

SNS에서 이 영상이 퍼지자 '미국 스쿨버스의 위엄', '이것이 선진문화', '우리나라는 왜 못 하냐'라며 갖가지 상찬과 부러움이 쏟아졌다. 스쿨버스에 장애인을 대입해 보면 어떨까. 상황 판단 능력이 부족하고 신체가 여물지 않은 어린이가 보호받아야 한다는 생각에 동의한다면 장애로 일상생활에 제약을 받는 이들의 불편함도 고려되어야 하지 않을까?

귀머거리 vs 청각 장애인 vs 농인

　　최근 케이방역, 케이팝이 세계적 주목을 받으면서 우리 나라가 과거에 비해 진보하고 있음을 피부로 느낄 수 있다. 실제로 2020년 5월 세계경제협력개발기구 OECD가 발표한 대한민국의 명목 GDP 순위는 무려 세계 10위다. 그러나 유독 장애와 질병을 대하는 사회 전체의 감수성은 여전히 낙제점 에 머무르고 있다.

　　이런 현실을 가장 잘 반영하는 분야는 정치권과 내가 속 해 있기도 한 언론이다. 특히 정치인들의 장애인 비하 발언은 여야를 막론하고 반복되고 있다. 이해찬 더불어민주당 전 대 표는 2018년 12월 그것도 전국장애인위원회 발대식에서 "정 치권에서 말하는 것을 보면 저게 정상인가 싶을 정도로 정신 장애인들이 많다."는 발언을 했다. 논란이 지속되자 이 대표 는 "인터넷상에서 허황된 가짜뉴스를 퍼뜨리는 일부 정치인 의 행태를 비판하는 과정에서 그랬다. (장애인) 폄하 의도는 없었으나 장애인들과 가족에게 오해를 불러일으킬 수 있다고 생각한다."며 뒤늦게 사과했다.

황교안 전 한국당 대표도 2019년 8월 "문 대통령은 일본 수출 규제에 대해서는 국무회의 생중계를 하면서 북한 미사일 도발에 대해서는 벙어리가 됐다."고 말해 언어 장애인을 비하했다는 비판을 받았다.

심상정 정의당 전 대표마저 지난 2016년 9월 북한의 5차 핵실험과 관련해 "올해 1월 핵실험 때처럼 우리 군 당국이 또다시 눈뜬장님이었다면 큰 문제"라고 지적했다가 장애인 단체의 비난을 샀다.

표준국어대사전은 벙어리와 귀머거리는 각각 '언어 장애인'과 '청각 장애인'을 낮잡아 이르는 말이라고 설명한다. 또 장님 역시 '시각 장애인'을 낮잡아 이르는 말로 정의한다.

이런 발언을 일삼는 국회의원들은 스스로 장애인차별 금지및권리구제등에관한법률(장애인차별금지법) 제32조에 "누구든지 장애를 이유로 장애인 또는 장애인 관련자에게 비하를 유발하는 언어적 표현이나 행동을 하여서는 안 된다."라는 법 규정까지 만들었다.

국가인권위원회 역시 2014년 '벙어리', '귀머거리', '장님' 등 장애인에 대한 편견을 만드는 표현을 언론보도 등 공적 영역에서 자제할 것을 권고했지만 정치권을 비롯해 언론은 이 같은 표현을 지금까지도 아무런 여과 없이 사용하고 있다. 이런 문제는 정치권에 국한되지 않는다. SNS나 커뮤니티, 포털사이트 기사에 달린 댓글을 보면 '암 걸리겠다', '정신병자 같다' 등 암 환자나 장애인 가족들에게 상처가 되는 표현도 쉽게 찾을 수 있다.

보건복지부가 2019년을 기준으로 집계한 등록장애인은 261만 8000명으로 우리나라 전체 인구 중 5.1퍼센트에 해당한다. 암 확진 후 현재 치료 중이거나 완치된 암 유병자 수는 전체 인구의 3.6퍼센트인 187만 명이다. 2019년 한국 평균 가구원수 2.6명을 고려하면 1164만 명이 장애인과 암 환자를 가족으로 두고 있다.

참고하여 덧붙이자면, 농아인 사회에서는 소리를 들을 수 없고 말을 할 수 없는 상황을 통합해서 '청각 장애인'보다 '농인'이라는 표현을 선호한다. 반대로 소리를 듣는 데 지장 없는 사람을 '청인'이라고 부른다. 법률을 기준으로 하면 형법과 형사소송법은 '농아자(聾啞者)'라는 표현을 쓰고 한국수화언어법은 '농인(聾人)'이라는 표현을 쓰고 있으며, 다수의 법령들은 '청각 장애인'이라는 단어를 사용한다.

'외눈박이' vs '깜깜이'
소모적 논쟁 그 너머를 향해

앞서 언급한 정치인들의 장애를 비유한 어법이나 일상생활에서 아무렇지 않게 '암 걸리겠다'라는 표현을 자제해야 한다는 내 생각은 확고하다. 다만 언어라는 것이 발화 시점과 발화자에 따라 미묘한 파장과 변화가 있기에 어떤 표현이 누군가를 비하했다고 단정적으로 말하기는 매우 어려울 때가 있다. 극단적 예를 들어 흑인 코미디언이 'nigger(흑인을 비하하는 멸칭)'를 쓰는 것은 맥락상 친근함과 유머 코드로 읽힐 수 있지만 백인이 똑같은 단어를 사용한다면 그의 의도와 관계없이 곤란한 상황에 처하게 될 것이다. 최근 불거진 혐오 표현 논쟁 가운데 내가 주목한 두 단어는 '외눈박이'와 '깜깜이'다. '외눈박이'는 정치인의 발언을 놓고 정치인 내부에서 논쟁이 확산된 경우고 '깜깜이'는 정은경 질병관리청장이 시민단체의 지적을 받고 해당 단어를 다른 표현으로 대체한 것에 대해 장강명 작가가 칼럼을 통해 건강한 문제 제기를 한 경우다. 이 두 단어에 대한 논쟁을 돌아보면서 내 생각을 독자와 공유하고자 한다.

우선 외눈박이 논쟁부터 살펴보면 추미애 전 장관이 한 방송사의 프로그램을 언급하면서 본인의 SNS에 "외눈으로 보도하는 언론들이 시민 외에 눈치볼 필요가 없이 양눈으로 보도하는 프로그램을 타박하는 것은 잘못"이라고 지적하면서 시작됐다.

그러자 발달 장애인 동생이 있는 정의당 장혜영 의원이 '장애 혐오 발언'이라며 사과를 요구했고, 어린 시절 소아마비를 앓아 다리가 불편한 더불어민주당 이상민 의원도 '수준 이하 표현'이라고 비판했다.

이에 대해 추 전 장관은 다시 본인의 SNS에 게재한 글에서 '외눈'의 사전적 의미를 제시하고는 "시각 장애인을 지칭한 것은 아니며 장애인 비하는 더더욱 아니"라고 반박하자 장애인 단체들은 "추 전 장관의 발언은 장애 비하 발언이 맞다"며 잇따라 성명을 내놓았다. 장애인권익문제연구소는 "(추 전 장관이) 특정 장애인이나 장애 유형을 비하할 의도가 없었다고는 하나 '외눈'이라는 신체적 특성에 관한 단어를 '편향성'이라는 부정적인 의미를 담아 상대방을 비판하고 비난하며 격하하는 의도로 사용했다는 점에서 이는 정확하게 비하 표현"이라는 게 주장의 요지다.

이러한 판단의 기준에는 차별적 언어표현에 대한 판단은 말하는 이의 표현 의도보다는 듣는 이의 해석과 수용성이 기준이 된다고 할 수 있다는 당사자주의적 관점에서 비롯된다.

반면 한편에서는 이러한 수용자 위주의 판단 기준이 악용되는 점을 우려하는 목소리도 있다. 장강명 작가는 2021년 5월 12일자 《중앙일보》 "'깜깜이'라는 말은 혐오 표현인가"라는 컬럼에서 이렇게 문제를 제기한다.

어떤 표현에 소수자 혐오가 담겨 있다고 주장하는 데에는 대단한 노력이 들지 않는다. 그런데 그런 주장을 할수록 인권 감수성이 높다는 평판을 얻고, 세상을 바꾼다는 보람과 은근한 도덕적 우월감을 누린다. 반면 여기서 체계적 회의주의를 주장해 봐야 꼰대나 소시오패스처럼 비칠 뿐이다.

문제 제기에 회의적인 사람은 침묵하고, 동의하는 사람은 점점 목소리를 높이게 되는 구조다. 그러다 보니 소수가 다수를 쉽게 움직일 수 있다. 게다가 이런 규정은 자기실현적인 면이 있다. '이 단어는 혐오 표현'이라고 누군가 선언하면 그다음부터 그 단어는 실제로 혐오스럽게 들린다.

장 작가는 정은경 질병관리청장이 순우리말인 '깜깜이

감염' 대신 '감염 경로 불명'을 쓰는 현상을 그 실례로 지적한다. '깜깜이'는 형용사 '깜깜하다'가 명사화한 것으로, 사람이 아니라 상태를 가리키며 시작도 시각 장애인과는 관련이 없다고 덧붙인다.

　나는 위 두 가지 사례의 문제 제기에는 동의한다. 대신 해당 표현이 혐오가 맞느냐 아니냐의 판단 기준에 대한 생각은 다르다. 양측의 주장을 듣고 해당 표현을 쓰느냐 쓰지 않느냐는 법으로 강제하거나 여론의 지지를 더 받는 쪽이 결정하는 것이 아니라 언어를 사용하는 대중이 공감하는 범위에 따라 선택하는 개인의 실천 문제로 두는 게 합리적이라고 생각한다. 대중은 때로는 한쪽으로 쏠리기도 하지만 결국에는 스스로 균형점을 찾아간다. 국립국어원 표준대사전 역시 '자장면'을 표준어로 고집하다 결국 대중들에게 익숙한 '짜장면'을 복수 표준어로 인정해야 했듯 언어는 그 시대의 시대상을 결국에는 반영하게 되어 있다.

　아직 큰 사회적 반향을 일으키지는 못했지만 차별금지법 발의를 계기로 '#내가이제쓰지않는말들' 프로젝트가 조용히 진행되고 있다. 『일의 기쁨과 슬픔』으로 유명한 장류진 작가는 이 프로젝트를 응원하는 글에서 자신의 생각을 이렇게 표현했다.

이 운동은 '나는 이런 말을 안 쓰는 인품이 훌륭한 사람이야'를 내보이기 위함이 아니라 '나도 언젠가 이런 말을 쓴 적이 있었지만 더는 아니에요'를 말하기 위함으로 읽어 주시면 어떨까 하고요. 세상에 완전무결하게 선한 사람은 없고 차별을 가하는 일로부터 태어나면서부터 깨끗한 사람은 없습니다. 저 역시 그렇습니다. 어떤 표현이 우리 사회의 누군가를 비하하고 폄훼하는 말이라는 걸 알고 난 다음부터 쓰지 않는 것이 더 중요하다고 생각합니다. 다른 단어로 충분히 대체할 수 있으니까요.

법이나 혐오 표현이라는 낙인으로 성인의 언어 관습을 규제할 수는 있다는 것은 환상이다. 나와 내 주변에서 시작된 작은 공감과 동의가 모일 때 작지만 의미 있는 변화가 시작된다. 그 작은 물결이 커다란 파도와 시대적 흐름이 되면 언어 문화는 비록 더디지만 자연스럽게 바뀌고 시대에 걸맞지 않은 단어는 자연스럽게 도태될 것이다. 만약 대중이 특정 표현과 단어 사용에 동의한다면 해당 언어는 생명력을 유지할 것이고 그렇지 않다면 자연스럽게 소멸하는 것이 언어 문화의 섭리다. 공론의 장을 충분히 만들고 대중의 판단을 기다려보자.

코로나 덕분에
양지로 나온 수화 통역사

티브이 뉴스를 관심 있게 본 독자라면 최근 코로나 관련 브리핑을 할 때 발표자 옆에 한 사람이 더 서 있는 걸 알았을 것이다. 이분들의 정식 직함은 '수어 통역사'다. 눈썰미가 조금 더 있다면 이전에도 수어 통역사가 나오는 뉴스가 있었음을 기억해 낼 것이다. 주로 새벽 뉴스나 정오 뉴스 같은 시간, 화면 하단 조그만 동그라미 안에 수어 통역사가 등장했다.

예전에는 화면 작은 모서리에 나오거나 시청률이 떨어지는 시간대에만 제공되는 수어 통역이 최근 들어 많이 나오는 데는 이유가 있다. 여러 장애인 단체들이 강력하게 항의했고 2020년 2월 28일 국가인권위원회가 보도 자료를 내고 각 방송사들에게 "방송사들은 정부가 직접 제공하고 있는 수어 통역이 발표자와 동등하게 화면에 잡히도록 촬영과 편집 관행을 개선하라"는 성명을 발표했기 때문이다. 이 같은 문제 제기가 있기 전에는 코로나 바이러스 브리핑 현장에 수어 통역사가 아예 없거나 함께 단상에 섰더라도 방송에는 발표자만 클로즈업해서 수어 통역사의 모습이 제대로 비치지 않기 일쑤였다.

국가인권위원회의 지적은 우리 법이 규정한 권리를 보장하기 위해서 나온 조치다. '한국수어법'은 농인들의 4년간의 투쟁 끝에 2016년 2월 3일 제정되었다. 법은 한국 수화언어가 한국어와 동등한 자격을 지니고 농인과 수어 사용자들이 정치, 경제, 사회, 문화의 모든 생활영역에서 차별받지 않고, 모든 생활영역에서 한국 수어를 통하여 삶을 영위하고 필요한 정보를 얻을 권리가 있다는 점도 명시하고 있다. 또 "수어 통역은 단순히 청각 장애인에 대한 편의 제공 문제가 아닌 수어를 모국어로 사용하는 대한민국 국민을 위한 법적 의무"라고 강조했다.

하지만 법 통과와는 별개로 현실에서는 4년간 법 취지가 실현되지 못했다. 그러다가 코로나라는 미증유의 특수 재난이 닥쳐서야 '한국수어법'이 제대로 실행된 셈이다. 한국 사회가 실질적인 장애인 지원에 얼마나 무관심했는지를 보여주는 씁쓸한 단면이다. 국내에는 37만 7000명의 농인이 있다.

일부 시청자들은 수어 통역사들이 마스크를 쓰지 않은 것에 불편함과 걱정을 호소하기도 한다. 하지만 수어는 손만 쓰는 게 아니라 표정과 입 모양 몸짓의 강도에 따라 전달력이 달라진다. 수어 통역사들이 마스크를 착용하면 비장애인들이 티브이 볼륨을 0으로 놓고 보는 것과 똑같다고 한다.

이런 변화가 시작되고 있지만 수어법의 취지가 온전히 실행되기에는 가야 할 길이 멀다. 예를 들어, 인기 예능 프로그램에 수어 통역사가 등장하는 걸 본 적이 있는지 생각해 보자. 방송통신위원회가 연간 장애인 방송 할당 비율을 명시하고 있지만 우리나라 방송사들은 이 할당 비율을 시청률이 낮은 새벽이나 낮 시간대에 소진하는 경우가 대부분이다. 다만 2020년 9월부터 장애인 시민 단체의 요구로 3개 공중파 방송이 메인 뉴스 시간대에 수어 통역사를 투입하는 것은 우리 사회도 차츰 변화가 일어나고 있음을 보여 주는 희망의 씨앗이다.

티브이 시청과 중요한 재해 브리핑에서 장애인을 차별하는 행태는 비단 우리나라만의 문제는 아니다. 장애인 정책이 잘 되어 있다고 평가받는 미국에서도 청각 장애인협회가 트럼프 전 대통령을 고소한 일이 있다. 트럼프 전 대통령은 코로나 브리핑을 할 때 단 한 번도 수어 통역을 제공하지 않았다. 비교적 코로나에 잘 대응했다고 평가받던 민주당의 쿠오모 전 뉴욕시장 역시 수어 브리핑을 하지 않다는 지적을 받고서야 뒤늦게 수어 통역사와 함께했다.

농인에게 수어는 모국어다

   왼손을 펴고 손바닥이 하늘을 향하게 한 뒤 그 위에 주
먹 쥔 오른손을 올려놓고 엄지손가락을 든다. 최근 '덕분에
챌린지'로 잘 알려진 이 손동작은 수어다. 그리고 이 동작의
정확한 의미는 '덕분에'가 아니라 '존경'이다. 과거에는 '수
화(手話)'라고 불렸지만 이젠 '수어(手語)'가 공식 명칭이다.
2016년부터 시행된 '한국수화언어법'은 농인들의 수어가 음
성언어인 한국어와 동등한 권리임을 인정했다.
   그럼에도 우리 주위에서 수어를 사용하는 사람들을 찾
기는 어렵고 수어 역시 제2의 공식 언어로 대접받지 못하고
있다. 수어를 쓰는 사람들은 티브이 광고나 드라마, 영화 등
에서나 가끔 볼 수 있다. 수어를 쓰는 농인들을 신기하게 쳐
다보는 사회의 시선도 여전하다. 「반짝이는 박수 소리」라는
독립영화와 동명의 책을 출판한 이길보라 감독은 수어를 이
상하게 보는 사람들 때문에 힘들었던 자신의 유년 시절을 이

렇게 기억한다.

"한국에서는 길을 걸으면서 손을 움직이면 오가는 사람들이 대놓고 쳐다보거나 쳐다보지 않는 척하며 우리를 쳐다보곤 했다. 사춘기 시절 그게 제일 싫었다. 그래서 나는 엄마, 아빠와 함께 걸을 때면 주머니에 손을 넣고 걸었다."

이런 사회적 편견뿐만 아니라 대한민국의 교육 시스템은 법이 인정한 공식 수어를 제대로 가르치지 않고 있다. 《한국일보》이혜미 기자가 2019년 10월에 작성한 '청각 장애인 호소에 귀 닫은 농학교 교실'에 따르면 100년 전통의 국립농학교에서조차 수어 교육이 이루어지지 않는다. 전체 교사 중 6.9퍼센트만이 수어 통역 자격증을 보유하고 있어 수어로 수업을 진행할 선생님이 턱없이 부족한 데다 모든 수업이 청인을 기준으로 한 입말로 진행된다. 반면 미국에서는 1817년부터 현재까지 64개 농학교가 설립, 운영되고 있고 그중 24명은 농인 교장이고, 전체 교사와 교직원의 50퍼센트가 농인이라고 한다. 이 기자는 보스턴대에는 농인 교육 전문가를 양성하는 농교육학과가 있고, 최초의 농인 대학교 갤러뎃 대학교의 역사는 200년이 넘었다고 덧붙였다.

농인들이 청인 사회에 적응해야 하는 현실을 고려하면 농학교의 교육 방침이 왜 문제가 되느냐고 생각할 수도 있다. 수업 시간에도 선생님의 입술을 보는 연습을 계속해야 대학,

사회에 진출했을 때 도움이 되지 않겠느냐는 논리다. 농인을 자녀로 둔 일부 부모 역시 수어 대신 구화(상대방의 입술 모양을 읽고 의사소통하는 법)만 가르치기도 한다.

　하지만 농인 학생들이 수어를 자신의 정체성을 확립하는 수단으로 정의하고 이를 주체적으로 배우고 싶어 하는데 교육 시스템이 뒷받침하지 못하는 것은 다른 차원의 문제다. 농인의 특수교육을 위해 설립된 학교가 수어로 수업을 진행하지 못하고 수어를 가르치지 못한다면 농인들은 수어를 어디에서 배운단 말인가. 어려서부터 수어로 자신의 의사를 소통하고 구화를 배우지 않은 농인들에게는 수어가 모국어이며 한국어는 제2 외국어나 마찬가지다. 농인들은 문자나 음성언어보다 수어로 자신의 생각과 의사를 더 잘 표현하고 수어로 된 설명을 통해 지식을 취득한다.

　수어가 구어보다 비효율적일 것이라는 막연한 생각도 편견이다. 작가이자 신경 의학자인 올리버 색스는 자신의 저서 『목소리를 보았네』에서 "말이 1차원이고 글이 2차원이라면 수화는 4차원을 모두 활용한다고 표현할 만큼 동시적이고 다층적인 언어"라고 표현했다. 색스는 선천적으로 듣지 못하던 아이가 수어를 통해 지식이 폭발적으로 성장하는 것을 관찰하면서 자신이 수어에 대해 가지고 있던 무지와 편견을 반성한다. 처음에는 청각 장애를 치료가 필요한 장애로 바라보는 '의학적 견해'를 취했지만 수어를 하나의 고유 언어이자 문화로 보는 '문화적 견해'로 자신의 시각을 바꿔 간다.

우리는 과거 일제 강점기 시대 우리말을 없애고 일본어만을 쓰라고 강제한 정책에 분노한다. 외국에 이민 간 재외동포가 그 나라 말에 익숙하지 못해서, 또는 한국말을 쓰다가 인종차별을 당했다는 뉴스가 나오면 내 일처럼 감정을 이입해 화를 내기도 한다. 농인들에게 수어는 일제 시대의 우리말이자 재외동포들의 모국어다. 수어를 배우고 싶은 농인 청소년들이 최소한 특수학교 안에서는 자신의 언어로 수업받을 권리가 하루빨리 보장되기를 기원한다.

손으로만 말해도
행복한 사람들

한 대기업의 캠페인 광고를 두고 비장애인과 청각 장애인 단체의 시각이 크게 엇갈렸다. 광고의 주된 내용은 태어나자마자 장애로 소리를 듣지 못해서 말을 할 수 없었던 주부가 AI가 만든 합성 목소리로 처음으로 가족들에게 하고픈 말을 음성으로 전하는 내용이다. 해당 영상은 공개된 지 일주일 만에 조회수 700만 회를 기록했고 7개월도 안 되어서 1000만 뷰를 돌파했다. 댓글 역시 "광고가 너무 따뜻해서 따로 검색해서 들어왔어요.", "여태까지 본 광고 중에 최고다.", "기술을 저렇게 따뜻하게 담아 내다니 감동입니다." 등 호평 일색이다. 그런데 정작 청각 장애인 단체들은 이 광고가 잘못된 메시지를 전하고 있다고 반발했다.

청각 장애인 단체는 대기업의 캠페인 광고가 농인들이 자신의 판단에 따라 음성언어와 수어를 골라서 선택할 수 있는 권리를 무시하고 음성언어만을 써야 한다는 논리를 은연중에 강요하고 있다고 지적했다. 본인이 청각 장애인이기도 한 최유경 연세대 장애인권회 위원은 2020년 4월 20일자 비마이너사이트 기고 글에서 "광고 주인공 가족들이 수어를 배워 대화를 시도하기보다 주인공이 '말하고 들을 수 있기를' 바라는 행동을 하는 건 수어가 구어와 동일한 지위를 갖지 않는 것으로 여기는 데서 비롯된 전형적인 청능주의(청인이 우월하다고 믿고 농인에게 청인처럼 행동하라고 하는 것.)"라고 비판했다. 그는 청각 장애인에게 필요한 건 매끄러운 목소리가 아니라 어눌한 목소리와 수어가 받아들여질 수 있는 포용력 있는 사회 분위기라고 덧붙였다.

이길보라 감독이 만든 영화 「반짝이는 박수 소리」는 청각 장애인이 소리를 갈구할 것이라는 고정관념을 다시 생각하게 만들어 준다. 청각 장애인 부모를 둔 부모님의 결혼과 자신의 성장 과정을 다룬 다큐멘터리에서 이 감독의 부모는 충분히 행복하다. 아이가 배고파 우는데도 그 소리를 듣지 못해 힘들었다는 이야기를 하면서도 소리가 들리지 않는 것에 대한 원망이 없다. 이 감독의 아버지는 젊은 시절 소리를 들을 수 있는 청인과 결혼하라는 부모님의 권유에 '소리를 들을 수 있는 사람과 함께하면 불행해진다.'며 같은 청각 장애인 어머니를 인생의 배우자로 선택했다. 이 감독의 부모님은 '소리를 듣지 않아도 충분히 행복하게 살 수 있다는 걸 보여 주고 싶어서 영화에 출연했다.'는 출연 동기도 밝힌다.

사춘기 시절 또래 아이들이 부모와 수화를 쓰는 자신을 놀리는 게 두려워 길에서 일부러 주머니에 손을 넣고 수어 대화를 거부했던 이 감독 역시 영화를 찍으며 자신의 상처를 치료하고 성장한다. 이 감독은 자신이 만든 영화와 동명의 책에서 비장애인과 농인의 관점 차이를 이렇게 설명한다.

엄마, 아빠는 한국 사람이면서 동시에 소수민족 같았다. 우리 엄마, 아빠는 자신만이 갖고 있는 '수어'라는 고유한 언어가 있고 농인만이 갖고 있는 농문화가 있다고 자랑스럽게 손으로 말하곤 했다. 그러나 입으로 말하는 사람들은 그것을 이해하지 못했기 때문에 들리는 세상과 들리지 않는 세상은 매번 충돌할 수밖에 없었다. °

우리나라는 여전히 장애를 치료와 극복의 대상으로 여기는 시각이 우세하다. 그러나 최근 많은 장애인들은 본인의 장애를 '동정의 대상'이 아닌 '다름'으로 봐주길 원하고 있다. 좋은 의도라는 이유로 섣불리 장애인을 배려와 도움을 받아야 하는 사람으로 생각하는 관점도 이제는 바뀌어야 한다.

○ 이길보라, 『반짝이는 박수 소리』(한겨레출판, 2015).

환자와 장애인에게 필요한
자아 중심성

오랜 생활 투병을 하게 되면 일단 스스로 위축된다. 내가 잘못 낳아서 자식이 아픈 게 아니냐는 불필요한 미안함을 품고 한마디 책망도 하지 않는 엄마에게도 가끔은 불효를 하는 느낌이 든다. 병원에 입원하면서 아이 곁을 떠나야 했고 퇴원해서는 체력이 떨어져 같이 놀아 주지 못하는 부모라면 자녀에게 항상 부채 의식을 가지게 된다. 사랑으로 맺어진 부부라도 치료비로 인한 경제적 부담에 배우자가 경제활동을 하지 못해서 수입이 절반으로 줄어드는 궁핍함이 겹치면 자연스럽게 상대방에 대한 원망이 커질 수밖에 없다. 이런 복합적 요인으로 인해 아픈 게 잘못이 아니라는 당연한 명제는 현실 앞에서 힘을 잃는다. 아픈 사람은 병과 싸우기도 벅찬데 주위 모든 사람에 미안함을 느끼는 소극적 존재가 되기 쉽다.

장애인 역시 자신의 당연한 권리를 행사하면서 오히려 눈치를 보게 된다는 점에서 투병인과 묘한 공통점이 있다. 한국 사회에서 휠체어를 탄 장애인들은 장애인 전용 탑승 장치가 있는 버스에 탈 때조차 '왜 이 바쁜 시간에 버스를 타서 시간을 지연시키느냐'는 비장애인들의 짜증 어린 시선에 직면해야 한다. 엘리베이터에 휠체어를 타고 들어가야 해서 뒷사람이 타지 못하면 원망의 눈총도 받아야 한다. 이런 불쾌한 경험이 쌓이다 보면 장애인의 권리를 주장하는 행동이 다른 사람을 불편하게 만드는 행위가 되는 것이 아니냐는 본말이 전도된 생각을 하게 될 수도 있다.

오랜 시간 투병을 한 환자이자 짧게나마 청력 손실을 경험한 나는 지금에서야 환자나 장애인 모두 힘겹지만 자기 자신을 중심에 두고 사고와 행동을 해야 한다는 확신이 들었다. 아프니까, 장애인이니까 나를 배려해 달라는 시혜적 시선이 아니라 나의 건강과 내 기본권을 지키기 위해서는 자존감이 필수이기 때문이다.

최근 복직을 하기는 했지만 4년에 걸친 휴직과 입퇴원에 대한 부채 의식 때문에 나 역시 내 의사보다는 가족과 아이들의 뜻에 따라 행동을 결정하거나 내가 오버해서 일을 벌이는 경우가 많았다. 비록 몸이 피곤하더라도, 조금 힘들더라도 오랫동안 내가 자리를 비웠으니 이 정도는 하는 게 맞지 않을까 하는 나 혼자만의 '균형잡기' 결정은 지나고 보면 오히려 나에게는 독이었다. 피곤할 때는 아이들의 요구라도 거

절했어야 했고 나에게 버거우면 가족의 일이라도 흔쾌히 응하기보다는 차선책을 찾는 게 다시 아플 가능성을 줄이는 현명한 방법이었다.

장애인의 권리를 주장할 때도 스스로 움츠러들 필요가 없다. 들을 수 없다는, 또는 볼 수 없다는 조건이 시민이나 소비자로서의 기본적 권리를 포기해야 할 필요충분조건은 아니다. 버젓이 장애인 전용 주차장에 차를 대는 얌체 운전자를 신고하고, 엘리베이터가 꽉 차면 휠체어 이용자에게 우선권이 있음을 당당하게 상기시켜야 한다. 이런 자신감이야말로 쉽게 무시되는 기본적 권리를 쟁취하고 다른 장애인들의 활동 폭을 확보하는 길이다.

내가 아프거나 내게 장애가 있는 건 나의 잘못된 행동의 결과가 아닌 경우가 많다. 그렇기에 아픈 사람은 더 이상 아프지 않기 위해서라도 자신을 중심에 놓고 의사결정을 하는 것을 두려워해서는 안 된다. 부채 의식을 핑계 삼아 자신의 한계치를 넘어서는 일을 하게 되면 건강에 적신호가 켜질 가능성이 크다. 멋대로 하라는 게 아니라 당신의 컨디션이 허락하는 범위에서 현명하게 활동하면 된다.

장애가 있다고 해서 비장애인이 누리는 사회 활동과 체육 활동 등의 권리를 동일하게 요구하고 쟁취하는 일도 주저할 필요가 없다. 장애인들의 요구하는 기본적 권리는 법률로 명시되어 있음에도 정부, 기업, 공동체가 현행법을 위반하며 방기하고 있는 경우가 부지기수다. 당연히 제공되어야 할 권리가 제공되지 않은 것에 대한 항의와 쟁취는 민주시민의 당연한 권리다. 이런 요구는 내 집 앞에 혐오시설이 들어서면 안 된다거나 집값 떨어지는 임대주택 건설에 반대하는 시위보다 얼마나 합법적이고 고상한가?

나는 왜
'갑분싸'가 되기로
결심했나?

오랫동안 알고 지내던 지인들과 카카오톡으로 단체 대화를 하는 와중이었다. 그중 한 사람이 자신이 하는 일 중 뭔가가 힘들었다며 "저 진짜 암 걸릴 뻔했어요."라는 대화를 올렸다. 하던 일이 아주 힘들어서 진을 뺐다는 과정을 '암'이라는 질병에 비유해 축약적으로 표현한 것이다.

예전의 나라면 그냥 그러려니 넘기거나, 아니면 나중에 개인적으로 따로 톡을 보내 "암 환자와 가족들이 보면 가슴 아픈 표현입니다. 되도록 다른 말을 쓰면 좋겠네요." 정도의 말을 했을 것이다. 하지만 이번에는 나도 모르게 즉각적인 반응이 나왔다. 모든 사람이 볼 수 있는 대화창에 "이 방에 암을 경험한 저도 있습니다. '암 걸리겠다', '발암이다' 같은 표현은 쓰지 않았으면 합니다. 개인적인 감정으로 드리는 말씀은 아닙니다."라는 공식적인 문제를 제기했다. 한마디로 대화방을 갑자기 분위기 싸하게 만들 수도 있는 순간이었다. 다행히 당사자는 수긍했고 나도 웃음 이모티콘을 보내며 대화를 이어 갔다.

대화가 끝나고 내가 왜 그 순간 예전처럼 참지 않고 발끈했는지 곰곰이 생각해 봤다. 과거에는 그러려니 하거나 괜히 사이가 어색해지는 거 아닐까 하는 우려 때문에 그냥 지나치던 일이었다. 내가 찾은 이유는 청각 장애를 경험한 기간에 장애인의 권리에 대한 역사를 공부하는 과정에서 스스로 부당하다고 느끼는 것에 침묵하면 아무것도 변하지 않는다는 지식을 몸으로 체화했기 때문인 듯했다. 그래서 적절하지 않다고 생각하는 표현을 접하자 마치 가스가 감지되면 저절로 소리를 내는 가스경보기처럼 내 안에 있던 교정 의지가 다소 공격적일 수는 있지만 자동으로 화살처럼 발사된 것으로 보인다.

실제로 지금은 당연하다고 느끼는 장애인의 여러 기본적 권리들은 장애인과 장애인 활동가들의 지난한 노력으로 쟁취되었다. 장애인의 권리가 법적으로 제도화되고 실질적으로 보장 받는 미국의 현재 상황도 수많은 사람들의 피와 땀이 바탕이 되었다. 김승섭 교수가 번역한 『장애의 역사』를 살펴보면 미국 장애인들은 주 정부 교육부와 대학을 점거했고 때로는 미 의회 의사당 시위도 서슴지 않았다. 이러한 투쟁을 바탕으로 1968년 '건축장벽제거법'을 시작으로 1973년의 '재활법', 1975년의 '장애인교육법'에 이어 마침내 장애를 이유로 한 고용, 접근, 주거, 교육의 차별을 금지한 '미국장애인법'이 1990년에 제정됐다.

한국의 장애인 권리 확보 과정 역시 영화를 방불케 하는 에피소드가 가득하다. 장애인의 안전한 이동권을 확보하려고 자신의 몸과 휠체어에 쇠사슬을 걸고 거리와 버스로 때로는 지하철 선로로 뛰어든 사람도 있다. 이러한 노력이 뒷받침되어 저상 버스가 도입되고 지하철에 엘리베이터가 의무적으로 설치되었다.

이러한 노력에는 미치지 않더라도 우리 생활에 무의식적으로 퍼져 있는 질병이나 장애를 배려 없이 사용하는 언어 습관을 바꾸려면 사람들과의 관계가 소원해질 각오를 하더라도 적극적인 문제 제기가 반드시 필요하다. 본인이 질병이나 장애를 직접 경험하거나 가족이나 가까운 사람이 어려움을 겪는 걸 지켜본 경험이 없다면 무심코 하는 자신의 말과 글에 어떤 가시가 숨어 있는지 생각해 볼 기회조차 없기 때문이다.

이 책을 읽는 독자들과 내 주위 지인들은 갑자기 발현될지 모르는 나의 선택적 공격성을 이해해 주시길 부탁한다. 질병과 장애에 대한 배려 없는 표현에 용감하게 부딪쳐 볼 생각이다.

질병과 장애는
극복의 대상인가?

"암과의 싸움에서 승리했다", "질병을 이겨 내고 다시 우뚝 섰다." 언론이나 일상생활에서 크게 아프고 난 후 사회에 복귀한 사람을 소개할 때 자주 접하는 표현이다. 나 역시 나를 수식하는 문장으로 가끔 사용하기도 했다. 이러한 표현에는 화자는 의식하지 않았을지 몰라도 그동안 보내왔던 수많은 고통의 시간과 회복을 위한 노력에 대한 보상으로 승리에 버금가는 건강한 현재 몸 상태로 돌아왔다는 자기 위로와 함께 '저는 이제 아픈 사람이 아닙니다'라는 메시지를 대내외에 공포하는 암묵적 광고효과가 있다. 돌이켜보면 내 무의식 속에 잠재된 보상 욕구도 이러한 문장을 소환하는 데 한몫한 것 같다.

자연스럽게 사용하던 이러한 표현에 거부감이 생긴 건 급성중이염 발병과 수술 이후다. 혈액암의 치료를 종결하고 2년간 크게 아픈 곳도 없었기에 이 상태를 유지하면 이제는 병원 신세를 질 일이 없을 거라던 자신감과 기대가 갑작스러운 입원과 수술로 무너졌다. 나름 건강 유지를 위해 최선의 노력을 다하는 와중에 갑자기 발병한 질병은 내가 아무리 최선의 노력을 다한다고 해도 운명처럼 피할 수 없는 고난이 있다는 뼈아픈 현실을 내 머릿속에 각인시켰다.

질병은 싸워서 이겨 내면 좋겠지만 치료법이 아직 나오지 않거나 기약 없는 이식수술을 기다려야 할 경우에는 평생 그 질병과 함께해야 할 수도 있다. 나를 포함한 암 환자들은 재발 없이 5년을 지내면 완치 판정을 받지만, 평생 재발이라는 공포와 싸우며 살아간다. 이런 환자들에게 질병을 극복의 대상으로만 설정하는 단편적 '극복 프레임'은 좌절을 주기도 한다.

이러한 '극복 프레임'은 장애에도 적용된다. 김원영의 『실격당한 자들을 위한 변론』에는 장애인의 성취를 언급하는 언론 기사에는 항상 "장애에도 불구하고"라는 표현이 어김없이 들어간다고 지적한다. 또 이러한 극복 프레임은 장애가 있음에도 모든 수단을 동원해 비장애인에 가깝게 활동하는 것을 은연중에 강요하게 된다. 휠체어로 훨씬 빠르고 힘을 덜 쓰며 이동할 수 있는 장애인에게 왜 당신은 목발을 사용하지 않느냐고 따져 묻게 된다. 또 이러한 프레임이 극단으로 치달으면 장애를 극복하고 비장애인도 이루기 힘든 성취를 달성한 장애인이 왜 자신만큼 노력하지 않느냐며 다른 장애인을 힐난하는 경우도 많다고 했다.

질병과 장애를 극복과 투쟁의 대상으로 계속 상정한다면 그 기준에 부합하지 못하는 사람들은 배제되고 낙오자가 된다. 암이 재발했다고 그 환자가 패배자가 된 것이 아니다. 다시금 치료에 열중하고 삶에 대한 강한 의지를 회복할 기회는 언제나 있다. 이 세상에는 치료가 쉽지 않은 난치병도 많다. 치료약이 개발되지 않은 상황에서 병을 잘 다스려 가며 삶을 살아가는 것이 질병에 굴복한 삶은 아니다. 환자나 장애인의 마음을 헤아려 보려는 노력 없이 관성처럼 반복되는 승리와 극복의 서사를 이제는 멈추면 어떨까?

클럽하우스 신드롬과 입장 불가

　휴대폰 애플리케이션으로 얼굴을 보지 않고 목소리로 만 소통하는 대화방을 만드는 SNS 서비스 클럽하우스가 초반에 엄청난 돌풍을 일으켰다. 화상회의 도구로 처음 인기를 끈 줌(zoom)처럼 얼굴이나 사는 집을 보여 줄 필요도 없이 목소리로만 대화를 할 수 있어서 진입장벽도 낮았고 테슬라의 CEO 앨런 머스크나 우아한 형제 김봉진 대표 등 동서양의 유명 인사들이 너나 할 것 없이 참여하면서 비장애인들의 관심도 치솟았다. 여기에 코로나 감염에서 자유로울 수 있는 장점과 억제된 대면 접촉에 대한 욕구가 겹치면서 사용자들이 급격히 늘었다. 지금은 소위 말하는 인싸들이 사라지면서 인기가 한 풀 꺾이긴 했지만 클럽하우스의 열풍 속에 가려진 장애인에 대한 배제는 더욱 또렷하게 드러났다. 만약 내가 급성중이염으로 청력이 손상되지 않았다면 이런 것이 문제가 된다는 것은 생각조차 해 보지 못했을 테지만 지금의 나에게는 클럽하우스가 보장하지 않는 권리가 매우 크게 다가왔다.

이 앱의 대표적 특징 중 하나는 다양성 존중이다. 초기 어플리케이션 아이콘에는 대표 이미지로 흑인 음악가 사진이 오랫동안 걸려 있었다. 거기에 다양한 인종, 성정체성 등을 카테고리로 대화방을 고를 수 있었다. 현실 세계에서 소수자로 핍박받는 사람들에게 가상의 평등 세계를 제공하겠다는 의지로 보였다.

예전 같으면 새로운 서비스나 기계에 대한 호기심으로 어떻게든 클럽하우스에 가입하려고 노력했겠지만 청력 재활 중인 지금은 소리 위주의 서비스에 대한 약간의 부담감 때문에 이용해 볼 생각을 하지 않고 있다. 이처럼 나는 참여는 가능함에도 주저하고 있지만 다양성 존중을 장점으로 내세우는 이 서비스에서 청각 장애인과 시각 장애인은 원천적으로 배제된다.

청각 장애인은 유튜브 자막이나 줌의 채팅 기능처럼 음성을 대신할 텍스트가 제공되지 않기 때문에 음성 대화에 참여할 수 없다. 시각 장애인은 소리는 들을 수 있지만 앱의 기능을 실행시키는 버튼에 대한 소리 안내 기능이 제한적이어서 100퍼센트 활용이 어렵다. (해당 업체는 이런 접근성 부분에 대해서도 개선해 나가겠다는 입장을 밝혔다.)

비장애인의 청력을 기본값으로 놓고 있는 사회에서 볼

때 이와 같은 불만은 투정으로 느껴질 수 있다. 우리 사회의 기본값은 비장애인이다. 눈으로 보고 귀로 듣고 두 발로 걷고 두 손으로 물건을 잡는 게 당연하다. 사회의 제도와 시스템, 건물과 교통수단 등 모든 것이 비장애인을 기준으로 설계된다. 그나마 지하철의 엘리베이터 설치나 휠체어가 탑승 가능한 저상버스 도입은 노약자나 다른 계층도 도움을 받을 수 있기에 거부감이 없지만(2020년 7월 기준 전국 저상버스 도입률은 28.4퍼센트에 불과하다. 다행히 대선 정국에 관련 법안이 뜻밖의(?) 주목을 받으면서 2021년 12월 31일 국회 본회의에서 저상버스 도입 확대를 골자로 하는 법안이 통과됐다.) 클럽하우스 같은 선택적 친교 서비스까지 장애인의 접근성을 확보해야 하느냐는 의문을 제기하는 사람도 있을 수 있다.

이러한 문제 제기는 극도의 효율성을 추구하는 한국 사회 시스템에서는 자연스럽다. 모든 서비스에 정치적 올바름이라는 잣대를 들이대면 제품 개발이 지연되거나 사회적 비용이 증가할 수 있다는 논리도 동반된다. 나름 타당해 보이지만 똑같은 논리로 클럽하우스 서비스에 보편적 접근성이 필요하다는 주장도 가능하다.

지하철에 없던 엘리베이터를 만들거나 저상버스를 도입하려면 공사에 많은 물리적 시간과 저상버스 구매 비용이 필요하지만 청각 장애인을 위한 대화 자막 제공 기능이나 시각 장애인을 위한 화면 해설 기능 등은 이미 관련 기술이 보편화되어 있기에 개발자가 마음만 먹으면 저렴한 비용으로 빠르게 적용할 수 있다.

또 모든 계층에 자유로운 온라인 접근권은 코로나 시대에는 보편적 인권처럼 사회적 기본권이 되고 있다. 지금은 코로나로 대면 접촉을 최소화할 것이 권장되는 상황이다. 회사 근무는 물론 학교 수업까지 온라인으로 진행된다. 온라인으로 의사소통을 자유롭게 하는 것은 사치나 취미가 아닌 코로나 시대의 필수 조건이다. 질병이나 장애로 이동에 제약을 받거나 학교에 나오려면 활동 보조인이 필요한 계층에게 온라인 교육과 소통을 제공하면 직업을 얻고 사회생활을 해 나갈 수 있어 경제적 자립 토대가 마련된다. 온라인 의사소통 수단에 대한 보편적 접근성 확보는 사회적 복지를 제공하고 대면 접촉 비용을 줄이는 경제적 측면에서의 긍정적 효과도 있다.

경제적 효용 외에도 사회문화적으로는 소수자를 배려하는 인식이 확산하는 계기가 될 수도 있다. 클럽하우스 같은 친교 서비스에서도 보편적 접근권이 보장되어야 한다는 사회 분위기는 유사 서비스나 다양한 필수 영역에도 이와 동등한 접근권이 필요하다는 인식을 자연스럽게 넓히는 사회적 공감대의 기반이 된다. 실제로 미국의 애플 워치에는 운동 카테고리에 휠체어 모드가 장착되어 비장애인의 걷기에 해당하는 휠체어 밀기 등을 측정해 장애인의 건강관리에 기여한다. '왜 이런 것까지'라고 불평하기보다 '이런 것도 함께'라는 연대 정신이 그 어느 때보다 필요한 시기가 아닐까?

청각 장애인 기자가 가능할까?

재택근무를 하던 와중에 돌발 변수가 생겼다. 재택근무 중 하루는 회사에 출근하는 날이 있는데 근무 이틀 전에 갑자기 또 염증 제거 시술을 하는 바람에 근무를 조정할 시간이 없었다. 시술을 하면 상처 부위가 덧나지 않도록 최소 2~3일은 소리를 듣는 외부기기를 착용할 수 없다. 회사에 나가 업무를 하는 날이 평일이었다면 근무 인력이 충분하기 때문에 하루쯤 휴가를 냈겠지만 시술이 갑작스럽게 결정된 터라 내가 근무를 하지 않으면 업무에 지장이 생길 상황이었다. 혈액암 투병으로 4년 가까이 휴직했다 복직한 지 겨우 1년이 지난 터라 동료들에게 다시 폐를 끼치고 싶지 않다는 오기도 올라왔다.

내 몸의 상황과 업무 역할을 곰곰이 점검해 봤다. 시술을 받고 하루가 지나자 상처의 통증은 다행히 전날보다 현저히 줄었고 몸 컨디션도 나쁘지 않아 내일 출근에는 무리가 없을 것 같았다. 또 다행히 현재 내가 담당하고 있는 업무 역시 전화 통화나 빈번한 대면 회의가 필요하진 않았다. 원래 기자들은 뉴스 현장으로 출동해 많은 사람을 만나고 전화 통화를 하고 전문가와 시민들을 인터뷰하고 실시간으로 선배와 후배와 소통을 해야 한다. 들을 수 없는 사람은 특히 방송기자 일을 할 수 없다. 하지만 다행히 난 외근직이 아닌 내근직이었고 주 업무 역시 실시간 이슈를 빠르게 기사로 정리해 웹으로 내보내는 디지털 뉴스와 유튜브 콘텐츠 기획 업무여서 하루 정도의 청력 상실은 큰 문제가 되지 않을 것 같았다.

계산이 서자 용감히 출근을 했다. 그리고 부서 직속 선배에게만 귀띔을 했다. 오늘은 귀에 외부 장치를 달 수 없어서 듣지 못하니 필요한 지시는 메신저로 해 달라고 부탁했다. 동료와 의사소통이 필요할 때도 임기응변 능력을 발휘했다. 급한 일이 아닌 평소의 업무 협조는 메신저로 보내고 또 정말 시급한 문제가 있을 때는 자리로 찾아가 대화를 할 때 질문의 형태를 평소와 다르게 바꾸면 됐다.

예를 들어 평소에는 질병관리청이 코로나19와 관련해 긴급한 브리핑을 했을 경우 담당 동료에게 "정부가 오늘 발표한 핵심 내용이 뭐지?"라고 두루뭉실 물었겠지만 지금은 "정부가 오늘 발표한 내용 중 핵심은 화이자 백신의 도입 시기가 빨라졌다는 건가"라고 물으면 단답형 대답이 나오기 때문에 입술 모양이나(사내에서도 마스크를 써야 해서 쉽지 않다.) 몸의 제스처로 대답을 확인할 수 있었다. 다른 동료들에게까지 굳이 구구절절하게 오늘은 내가 듣지 못한다고 설명할 필요가 없이 이런 대처로 그날 근무를 문제없이 잘 마쳤다.

집으로 돌아오면서, 청각 장애인도 내근 업무에 특화된 업무를 맡는다면 기자로서 언론사에 취업할 수 있을까 하는 질문을 해 봤다. 크게는 두 가지 이유로 근무가 어려울 것이라는 결론이 내려졌다.

첫째는 전화 통화와 대면 회의의 존재다. 요사이 많은 업무가 메신저와 이메일 또는 노션 같은 서비스로 대체되고 있다. 그럼에도 당사자의 즉각적인 확인이나 타부서의 협조를 요청하는 전화는 대체될 수 없다. 또 특정 이슈에 대한 대면 회의 역시 화상통화로는 부족하기에 평소보다 줄어들 수는 있어도 완전히 사라질 가능성은 희박하다. 청각 장애인을 위해 문자 통역사가 회의 내용을 실시간 텍스트로 변환해 줄 수도 있고 관련 소프트웨어의 도움도 받을 수 있지만 시시때때로 열리는 회의마다 이러한 도움을 받기는 현실적으로 어렵다.

두 번째는 점심식사를 포함한 업무 외 시간에서 소외될 가능성이 크다는 점이다. 요즘 저녁 회식은 줄어드는 추세이니만큼 논외로 하더라도 점심시간을 예로 들어 보자. 직장인에게 점심시간은 단순히 밥을 먹는 자리가 아니라 부서원과 친밀감을 쌓고 또 업무에 필요한 사람들과 자연스럽게 인사를 하며 비즈니스를 논의하는 자리가 되기도 한다. 청각 장애인 신입 직원이 입사했다고 가정해 보자. 처음에는 잘 챙겨 줘야 한다는 마음으로 여러 사람들이 점심 식사나 가벼운 저녁 식사 자리에 초대를 한다. 코로나가 끝나 마스크를 벗었다고 해도 일대일 대화가 아닌 두 사람 이상과 대화가 시작되면 입술을 읽는 능력이 있다고 해도 대화를 따라가기 어렵다. 아무리 선한 마음을 지닌 동료라도 계속해서 모든 대화를 청각 장애인 동료에게 실시간 중계를 하는 데에는 한계가 있을 것이다. 게다가 동료들의 진심 어린 노력이 때로는 청각 장애인에게는 부담으로 느껴져 혼자 있기를 선호할 수도 있다. 그래서 일반 기업에 들어가는 장애인들은 장애의 정도가 심하지 않거나 동료와 협업 비중이 적은 연구직이나 전문직 쪽으로 방향을 잡는 경우가 많다. 그럼에도 앞서 말한 두 가지 장벽이 서서히 걷힐 가능성도 점쳐진다. 이동과 사람들과의 만남을 가로막았던 코로나가 한국 사회에는 한참 늦게 도입될 거라고 예상됐던 재택근무를 강제적으로 선행학습시켰기 때문이다. 코로나 유행이 종식된 이후에도 재택근무로의 전환이 더욱 빨라진다면 이동이 자유롭지 않은 장애인은 출근으로 인한 어려움이, 청각 장애인은 대면 회의나 점심시간의 소외감과 마주할 가능성이 줄어든다. 회사와 장애인 모두에게 장애가 예전만큼 취업의 중대한 제한 요소로 고려되지 않게 된다.

실제로 기업들 역시 코로나로 인한 재택근무만으로도 가능한 업무의 범위를 실전 테스트하며 자료를 충분히 축적했다. 일상 업무의 몇 퍼센트 정도가 재택으로 가능한지를 당위가 아닌 숫자로 파악했을 것이다. 이 자료를 바탕으로 지금보다 더 많은 일자리가 재택근무가 가능한 장애인에게 제공될 여지가 생긴다.

1991년에 제정된 '장애인의무고용제'에 따라 50인 이상 기업은 총 고용 인원의 3.1퍼센트에 해당하는 장애인을 채용해야 하지만 대다수 대기업들은 장애인을 고용하는 대신 벌금을 납부하는 것으로 문제를 해결하고 있다. 의무고용을 위반하면 1인당 부담해야 하는 벌금은 매달 135만 원이다. 코로나로 재택근무 가능성이 확인된 지금이 바로 벌금으로 모면했던 관행을 탈피해서 장애인의무고용률 준수를 전향적으로 고민할 시점이다.

이러한 변화가 필요한 것은 법 위반 상태 해소나 기업의 사회적 책무 차원 때문만은 아니다. 장애인의무고용 같은 윤리적 경영 요소들이 세계적 연기금과 헤지펀드들의 투자 결정에 주요한 판단 요소로 자리잡고 있기 때문이기도 하다. 최근 세계적 투자사들은 기업의 재무적 성과만을 판단하던 전통적 방식에서 벗어나 장기적 관점에서 기업 가치와 지속가능성에 영향을 주는 ESG(환경, 사회, 지배구조) 등의 비재무적 요소를 충분히 반영해 평가한다.

2000년 영국을 시작으로 스웨덴, 독일, 캐나다, 프랑스 등 여러 나라에서 연기금을 중심으로 ESG 정보 공시의무제도를 도입했고 유엔은 2006년 출범한 유엔책임투자원칙(UNPRI)을 통해 ESG 이슈를 고려한 사회 책임 투자를 장려하고 있다. 전 세계 ESG 투자 규모는 상상을 초월한다. 2020년 기준 40조 5000억 달러(약 4경 5000조 원)로 2012년과 비교하면 10년도 안 된 기간에 세 배 정도 증가했다. 특히 지속가능성을 강조하고 당선된 미국 바이든 대통령이 들어서면서 세계 투자계의 큰손인 미국 자금들의 ESG 투자는 더욱 확대되고 있다. 눈앞에 보이는 벌금이 인건비보다 적다는 근시안적 접근을 고수하다 보면 세계적 경영 시류에서 밀려나고 우리나라 자본시장이 외면받는 위험에 처할 수도 있다.

장애인도 비장애인과 같이 일할 권리가 있다는 단순한 사실을 한국에서 이해시키기 위해서는 이처럼 많은 자료와 근거가 필요하다. 이처럼 합리적이고, 또 세계적 추세에도 부합하는 장애인의무고용 준수가 우리나라에서 획기적으로 확대되기는 쉽지 않을 것이다. 그래도 이 글을 읽는 독자들부터 이윤을 생산하는 목적인 기업이 장애인 한 명의 연간 인건비를 지출하는 대신 훨씬 부담이 적은 벌금을 내는 것이 합리적이라는 고정관념이 과연 적절한 것인지 한 번쯤 생각해 보기를 소망한다. 사회의 변화는 의식의 작은 전환에서 시작된다.

나는 청각 특권층(?)이었다

내 의사와 상관없이 계속되는 수술과 시술로 강제적 묵청(黙聽) 기간을 보내다 보니 이제는 소리가 들리지 않은 상황이 제법 익숙해졌다. 어디를 가든 주저함 없이 "제가 지금 소리를 듣지 못합니다. 메모로 부탁드릴게요."라는 말이 자연스럽게 나왔다. 메모지와 음성을 문자로 변화해 주는 휴대전화 애플리케이션을 이용하면 최소한의 의사소통은 가능했다. 이 같은 생활을 하다 보니 가끔은 내가 청각을 사용할 수 없다는 사실을 깜빡 잊곤 하는데 이러한 일시적 망각이 나를 곤경에 빠뜨리기도 한다.

어버이날을 맞아 처가 형님들이 장인어른을 찾아뵙기로 했다. 나는 재수술을 위해 소리를 듣게 해 주던 인공 와우 기구를 제거한 상황이라 쌍방향 대화가 불가능한 데다 근무가 겹쳐 동참할 수 없었다. 죄송한 마음에 형님들과 있는 단체 채팅방에서 못 가는 대신 꽃 배달을 시키겠다고 자원했다.

덜컥 큰소리를 친 후 뒤늦게 내가 전화 통화를 할 수 없다는 사실을 깨달았다. 그러나 나는 당황하지 않았다. 대신 아내나 친구 등 누구에게도 부탁하지 않고 오롯이 꽃 주문을 해내겠다는 마음이 섰다.

우선 처갓집 주변의 꽃집을 검색했다. 안타깝게도 홈페이지에 주인의 휴대전화 번호를 공개한 곳은 없었다. 유선전화 번호가 나와 있는 꽃집 중 친절하다는 평이 있는 가게를 골랐다. 그리고 휴대전화 다이얼을 누르고 상대방이 전화를 받았다는 초록색 표시가 액정 화면에 켜지길 기다렸다. 신호가 몇 번 간 후에 초록 불이 켜졌고 나는 천천히 대화를 시작했다. 우선 "거기 꽃집이 맞나요?"라는 말을 한 후 대답이 나올 만큼 뜸을 들였다. 그런 뒤 "네 제가 지금 귀 수술을 해서 전화 통화를 들을 수 없는 상황입니다. 제 휴대전화 번호는 010-○○○○-○○○○입니다. 꽃을 주문하고 싶은데 제 전화로 문자 부탁드립니다." 혹시 전화를 받은 상대방이 알아듣지 못할까 봐 다시 한 번 똑같은 말을 반복하고 전화를 끊었다. 다행히 1분 뒤 바로 문자가 왔다. 문자로 모델과 가격을 확인하고 계좌이체를 한 후 무사히 꽃 배달 임무를 완수했다.

내친김에 다른 업무에도 도전했다. 이번에는 2차 수술을 앞두고 집중치료를 받기 위한 단기 입원 기간에 집에서 하고 있는 신문 두 곳의 구독을 일시 중지하는 일이었다. 한 곳은 내선 번호가 있어서 쉬웠다. 꽃을 주문할 때처럼 일단 전화를 걸어서 내게 문자를 보내 달라고 했다. 다른 한 곳은 ARS라는 관문을 통과해야 했다. 집에 있는 태블릿 피시에 음성을 문자로 실시간으로 변환해 주는 애플리케이션을 켜고 휴대전화를 스피커 모드로 전환했다. "상담원도 우리의 가족입니다. 바뀐 보건복지법에 따라……"라는 익숙한 안내음이 태블릿 피시 화면을 통해 실시간으로 문자로 변환됐다. 이 애플리케이션은 원래 대면 대화를 위해 개발된 것이라 휴대전화 통화음의 음성 문자 변환률이 떨어졌지만 내가 할 수 있는 방법은 이것이 유일했다. 몇 번의 시행착오 끝에 드디어 상담원이 연결됐다. "여보세요,"라는 목소리가 글씨로 표시되자 나는 우선 필요한 정보를 말하기 시작했다. "네, 제가 귀 수술로 통화가 힘들어서 제 전화 용건과 구독자 정보를 확인하기 위한 정보를 먼저 불러 드리려고 합니다. 제 말이 다 끝난 다음에 혹시 부족한 점이 있으면 제 휴대폰으로 문자 부탁드립니다."라고 말을 마쳤다. 잠시 사이를 두고 "구독자 이름은 황승택, 주소는 경기도…… 입니다. 구독 일시 정지 접수가 잘되었으면 문자로 알람 부탁드리겠습니다."라는 일방적 통화를 마쳤다. 다행히 신문 배달을 중지하겠다는 문자가 곧 휴대전화로 왔다.

이렇듯 절실함 속에 어떻게든 해결 방안을 찾아가는 스

스로가 대견스러우면서도 한편으로는 안쓰럽다는 양가적인 감정이 생겼다. 일시적 청각 장애 상태에서도 IT 기기와 기지를 활용해 어떻게든 문제를 해결했다는 점은 기뻤지만 평소에는 아무렇지도 않게 처리하던 일을 이렇게 힘겨운 노력을 해야 해결할 수 있다는 현실이 내가 비장애인의 청력을 기본으로 설계된 사회 시스템에서 주변인이라는 사실을 더욱 또렷이 상기시켰다.

나는 비로소 지금까지 살아오면서 국가의 제도나 사회 운영 시스템에서 소외된 적이 없다는 점을 깨달았다. 40대 중반까지 살아오면서 내 능력의 한계가 아쉽고 다른 이의 성취가 부러운 적은 있지만 국가 제도와 공공, 민간 시스템을 이용하는 원천적 기회가 차단된 경험은 해 본 적이 없었다. 하지만 최근의 암 투병과 청각 상실이라는 중첩된 경험은 마치 공기처럼 내가 아무 의심 없이 당연하게 누려 왔던 제도와 시스템의 혜택이 다양한 장애를 가진 사람에게는 각고의 노력이 필요하고 때로는 험난한 투쟁을 해도 얻을 수 없는 특권일 수 있음을 알게 되었다.

이러한 문제점을 해결하고자 우리나라에도 청각 장애인을 위한 자막 영화, 보이는 ARS 등 여러 배리어 프리(barrier free) 움직임이 도입되고 있다. 하지만 200여 일의 청각 장애 기간 동안에도 나는 기존에는 문제없었지만 지금은 할 수 없는 무수한 많은 문제들에 직면했고 그때마다 소외감과 좌절감을 느껴야 했다. 최근 우리나라에 급속도로 도입된 키오스크로 노인 등이 햄버거 주문도 못 하거나 명절 기차표를 살 때 노년층만 전날 새벽부터 줄을 서야 하는 기술 소외 현상 역시 같은 맥락의 문제다.

해법은 문제를 발견할 때마다 땜질식 보완책을 만드는 것이 아니라 처음부터 모든 연령, 장애 유무와 상관없이 모든 계층이 이용할 수 있는 환경을 만드는 것이다. 장애 인권 선진국에서는 이미 유니버설 디자인 운동이 오래전부터 전개되어 왔다. 유니버설 디자인이란 연령, 성별, 국적 및 장애 유무 등과 관계없이 모든 시민이 안전하게 이용할 수 있는 환경을 설계하는 움직임이다. 해당 대상은 건물, IT 기기, 생활 시설 등 사람이 사용하는 모든 재화와 시스템을 대상으로 한다. 이전에는 나도 이러한 움직임을 그저 장애인을 위한 배려나 선의에 기반한 사회운동 정도로 생각했다. 하지만 이제는 이러한 변화가 우리 모두를 위해 반드시 필요한 과정임을 확신한다.

차별금지법이 새롭게 보였다

'차별금지법'은 조용한 법이다. 정부가 추진하려고 했던 공공 의대 설립과 의대 정원 확충 법안이나 검찰 개혁 법안, 가덕도 신공항 추진법 등이 미디어의 집중 관심을 받고 정치권의 핫이슈로 떠오르면서 사회를 떠들썩하게 했던 것과는 대조된다. '차별금지법' 발의는 일부 매체에서만 다뤘고 정치권에서도 주목을 받지 못하고 있다.

이유는 간단하다. '차별금지법'을 추진하는 주체가 원내 6석에 불과한 정의당이기 때문이다. 여기에 선거 때 막강한 득표력을 보유한 보수 기독교계가 이 법의 성소수자 보호 조항을 명분 삼아 동성애를 조장할 수 있다며 반대하고 있다. 여야를 막론하고 정치권은 표 안 되는 장애인, 소수자의 목소리보다 기독교계의 반대에 더 촉각을 곤두세워 왔다. 또 의료 파업처럼 국민 다수의 일상에 지금 당장 직접적인 영향을 끼치는 일이 아니니 관심도 적다.

실제로 지금까지 차별금지법은 일곱 번 발의됐지만 국회 법제사법위원회에서 제대로 논의 한번 되지 못하고 폐기되거나 철회됐다. 국회를 오래 담당해 왔던 정치부 기자의 경험으로 볼 때 더불어민주당이 과반이 넘는 170여 석을 차지한 21대 국회에서도 이 법이 처리될 가능성은 희박하다. 대중의 관심이 그리 크지 않은 데다, 선거 때 한 표가 아쉬운 국회의원들이 기독교계를 적으로 삼는 모험을 꺼리기 때문이다.

이런 비관적 전망에도 불구하고 나는 '차별금지법'이 통과되어야 한다고 생각을 정리했다. 그 근거는 첫째, 포괄적 차별금지법 자체는 이미 선진국에서도 정착되어 가고 있는 추세다. 게다가 이 법은 사회적 갈등 비용을 해소하고 사회의 잠재적 폭력과 차별을 막아 낼 수 있다는 점에서 효용이 크다.

먼저 법률적으로 검토해 보면 판례 중심인 영미법이 근간인 영국과 미국을 비롯해 대륙법 중심인 독일에서도 포괄적 차별금지법이 존재한다. 영국에서는 '평등법(Equality Act)'이라는 이름으로 미국에서는 '민권법(Civil Rights Act)'이라는 이름으로 차별을 포괄적으로 금지하고 있다. 독일에서는 '일반평등대우법(General Equal Treatment Act)'이 통과됐다. 캐나다와 호주 역시 포괄적 차별 금지법이 존재한다. OECD 선진국 대다수가 포괄적 차별금지법을 갖추고 있고 국제 교류가 더

활발해질 상황에서 우리나라도 이 흐름을 거스르긴 어려울 것이다. 게다가 최근 유엔무역개발회의 운크타드(UNCTAD)는 우리나라의 지위를 개발도상국에서 선진국 그룹으로 공식 변경했다.

일부에서는 '장애인차별금지법', '남녀고용평등법', '연령차별금지법' 등 개별 법안이 있는 만큼 포괄적 차별금지법이 필요 없다는 '과잉 입법론'도 제기한다. 하지만 수어법과 장애인차별법이 존재함에도 청각 장애인들은 대중 미디어와 대국민 중요 브리핑에서 소외받아 왔다. 암 환자였다는 이유로 자기 자리로 되돌아가지 못하거나 사직을 강요받는 직장인들도 많다. 포괄적 차별금지법은 이처럼 법률이 있음에도, 또는 사각지대에 가려져 보호받지 못한 권리를 보호할 안전장치가 될 것이다. 즉 청각 장애인의 수업권 보장과 ARS 위주의 서비스 정책, 부당한 퇴직 압력 등 교육이나 재화, 용역의 공급 서비스와 행정 서비스 영역에서의 차별을 개선하는 합법적이고 강제적인 도구가 생기는 셈이다.

이처럼 차별금지를 위한 제도가 도입된다고 해서 국민들의 권리가 축소되고 삶이 불편해지는 것은 아니다. 오히려 반대 경우가 많다. 지체 장애인을 위해 곳곳에 설치된 엘리베이터 덕분에 다리에 깁스를 하게 된 비장애인과 노약자 들이 지하철을 편하게 이용한다. 휠체어 출입을 위해 건물 입구마다 설치된 턱 없는 길로 택배 기사들이 무거운 짐을 수레로 나르고 유모차도 쉽게 이동한다. 저상버스 덕분에 노인들도 가파른 버스 계단을 힘겹게 오르지 않고 버스를 탄다. 장애를 배려한 제도의 혜택은 이처럼 우리 사회 구성원 모두가 함께 누린다.

다만 이상이 현실이 되기 위해서는 현실적 접근이 필요하다. 독일도 차별금지법을 도입할 당시 집단소송을 우려한 재계와 기독교민주연합의 반대를 고려해 '일반평등대우법'으로 이름을 바꾸어 법을 통과시켰다. 정의당이 선언적 활동을 넘어서 실질적 변화를 만들고자 하는 의지가 있다면 현실을 고려한 정치적인 결단과 대중 여론을 움직일 효과적인 홍보 방안을 병행해야 한다. 다행히도 국가인권위원회가 2020년 4월 실시한 여론조사에서 응답자의 88.5퍼센트는 한국 사회의 차별에 대응하기 위해 차별금지를 법률로 제정하는 방안에 찬성한다고 답했다.

정치권이 종교계와 기득권의 눈치를 보는 사이 최근 성전환 수술을 했다는 이유로 강제 전역 판정을 받고 세상을 떠난 변희수 하사를 비롯한 성소수자의 죽음이 이어지자 국민들이 자발적으로 국민청원을 통해 차별금지법을 국회에서 논의하도록 장을 만들었다. 권리는 항상 쟁취해야 하며 그 권리의 가장 안정적인 쟁취 수단은 법제화다.

하지만, 2021년 11월 9일 국회 법사위원회는 국민 10만 명 이상의 동의를 얻어 회부된 청원을 2024년 5월 29일(21대 국회 마지막날)로 연기했다.

나를 웃기고 울리는 큰딸

2차 재수술(2020년 11월 인공 와우 임플란트 이식 수술 이후 양쪽 귀의 염증이 수차례의 시술에도 제거되지 않자 결국 2021년 초 귀에 삽입된 임플란트 장치를 제거하는 수술을 하게 됨. 다음 파트 '아픈 몸으로 산다는 것'에 자세히 나옴.)이 마무리되고 몸이 회복되면서 아이들과 최대한 더 많은 시간을 보내려고 마음먹었다. 그래서 근무가 없는 주말에 방역 상황과 몸 컨디션이 허락하는 범위 내에서 아이들과 최대한 여기저기를 다니고 있었다. 무더위가 한창인 8월 어디를 갈까 고민하다 광명 동굴을 가기로 마음먹었다. 광명 동굴은 아침에 아직 일찍 일어나지 못하는 둘째(6살)를 고려해 늦게 출발해도 붐비지 않는 가까운 곳이고 한낮에도 시원하다는 조건을 충족했기 때문이다.

일요일 아침 아이들을 뒷좌석에 태우고 가기 전에 간식을 챙겨 주고 짧은 여행길에 올랐다. 차가 막히지 않아서 집에서 출발하니 30분 만에 광명 동굴에 도착했다. 버려진 탄광을 관광지로 새롭게 바꾼 곳인데 기대 이상으로 아이, 어른 모두에게 볼거리가 많았다.

당일치기지만 오래간만에 집을 떠난 여행에 난 살짝 흥분했고 모처럼 아이들 사진을 많이 찍고 싶었다. 그런데 웬걸 초반에 사진 촬영에 협조하던 첫째가 너무나 멋지고 예쁜 명소 앞에서 사진 찍기를 거부하기 시작했다. 뭣 모르는 둘째라도 데리고 찍어 보려 했지만 둘째는 첫째 언니 바라기라 언니가 안 찍는다고 하니 본인도 덩달아 사진을 찍지 않았다. 아이들의 예쁜 모습을 사진으로 찍어 오랜 추억으로 남기고 싶던 계획이 좌절되면서 심통이 났지만 9살 훌쩍 커 버린 첫째를 억지로 사진을 찍게 할 수는 없었다. 결국 여기서 사진을 찍으면 참 좋을 텐데라는 욕심이 드는 무수한 장소를 그냥 지나친 끝에 동굴 여행은 허무하게 사진 없이 끝났다.

동굴 밖에 나와서 아이스크림을 먹는 와중에 갑자기 사진 못 찍은 것이 아쉬워서 나도 모르게 큰딸에게 싫은 소리가 나왔다. "혜린, 사진을 찍어두면 정말 나중에 볼 것도 많고 추억도 되는데 왜 사진 안 찍는 거야. 자꾸 이렇게 아빠랑 사진 찍는 거 거부하면 아빠도 너희들 데리고 여행 다니고 싶은 마음이 잘 안 생겨."라는 감정을 그대로 터트렸다.

큰딸은 "그냥 찍기 싫으니까 그렇지."라며 기죽은 기색도 없이 퉁명스럽게 대답했다. 순간 화가 나기도 했지만 앞서

뱉은 감정적인 말이 너무 과했나라는 자책감이 마음속에서 올라와서 "다음부터는 사진 찍는 데 꼭 협조해 줘."라는 당부의 말로 어색한 분위기를 마무리했다.

집에 돌아와서 휴대전화로 몇 장 안 되는 사진과 동굴에서 챙겨 온 안내 지도를 챙겨 보다가 문득 딸아이가 기념품점에서 산 황금 책갈피가 생각났다. 5000원을 내면 복, 장수, 건강, 합격을 기원하는 네 가지 종류의 금속 책갈피 뒤편에 글씨를 써서 동굴에 있는 행운의 나무에 묶고 오는 기념품이었다.

수많은 관광객이 소망을 담아 쓴 책갈피가 나무에 이미 주렁주렁 매달려 있어서 우리 가족은 집으로 책갈피를 가져오기로 했다. 첫째가 뭐라고 썼나 궁금해 기념품을 꺼내 읽다가 눈시울이 먹먹해졌다. 뒤편에는 "우리 아빠 귀 다시 잘 들리게 해 주세요."라는 소원이 또박또박한 글씨로 쓰여 있었다. 이렇게 아빠를 생각해 주는 딸인데 사진 안 찍었다고 나무란 나 자신이 참 부끄러워졌다.

"아빠가 아픈 건 아빠 잘못이 아니야"라고 위로를 해 주는 대견함도 있었지만 내심 속으로는 소리 안 들리는 아빠가 불편했고 또 힘들어하는 아빠를 보기도 안타까웠나 보다. 큰딸의 고마운 마음에 보답하기 위해서라도 그동안 게을리해 왔던 청력 재활 운동을 더 열심히 해야겠다는 의지를 다진다.

"혜린아~ 아빠가 이제 너 기분과 상관없이 사진 찍어 달라고 말하지 않을게. 너의 바람대로 청력 재활 운동도 아주 열심히 해서 너의 목소리도 더 잘 들을게. 다시 한 번 고맙다 아빠 딸."

두 딸에게 보내는 편지

따뜻한 마음이
세상을 바꿀 수 있어

혜린, 채린 안녕?

너희가 이 글을 언제 읽게 될지는 모르겠지만 아빠가 지금 느끼는 고마움을 전하고 싶어서 이렇게 편지를 썼어.

우선 아빠가 거의 1년 가까이 소리를 잘 듣지 못했는데도 잘 견뎌 줘서 고마워. 너희들은 잘 모르겠지만 혜린, 채린이가 아빠를 예전의 아빠처럼 똑같이 대해 주고 (가끔 짜증낸 건 용서해 줄게^^) 사랑해 준 덕분에 아빠도 힘든 수술과 오랜 재활을 잘할 수 있었어.

특히 첫째 딸 혜린이는 특히 더 고마워. 병원에 입원해서 너희들을 보지 못하는 안타까운 마음이 너무 커서 "아빠가 계속 아파서 미안해."라는 문자를 보냈을 때 "아픈 게 아빠 잘못은 아니잖아."라고 답한 너의 문자 덕분에 아빠는 큰 절망의 늪에서 일어날 수 있었거든. 초등학교 2학년이 어떻게 그런 대견한 생각을 했을까 궁금해서 아빠가 나중에 혜린이에게 물었지.

"혜린아 어떻게 그런 생각을 하게 됐니?"라고 말이야. 혜린이는 주저하지 않고 이렇게 대답하더라. "아빠는 아침에 일찍 일어나고 운동도 열심히 하고 반찬 투정도 안 하잖아. 그런 아빠가 병에 걸렸다는 건 아빠 잘못이 아니라 나쁜 바이러스 때문인 거야. 그래서 나는 아빠 잘못은 아니라고 생각해."라고 대답해 줬잖아.

혜린이가 말한 것처럼 아픈 사람은 잘못이 없는 경우가 많아. 눈에 보이지 않는 바이러스가 몸에 들어오거나 혹은 몸 속에 갑자기 나쁜 세포가 생기면서 큰 병에 걸리기도 하거든. 또 난데없는 교통사고처럼 자신은 정말 주의를 기울여도 다른 사람의 부주의나 불가항력의 사고가 발생하기도 해.

이렇게 아픈 병에 걸리거나 사고를 당한 사람들은 혜린이가 말해 준 것처럼 "아픈 사람 잘못은 없어요."라는 생각보다 '내가 건강 관리를 잘 못했구나.' 혹은 '내가 부주의한 건 아닐까?'라고 자책을 하는 경우가 많아. 아빠도 급성중이염으로 소리를 듣지 못하고 수술을 해야 한다는 소식을 들었을 때 그런 자책에 살짝 빠져 있었거든. 그런데 혜린이의 응원이 아빠의 생각을 바꾸는 데 큰 힘이 되었단다.

혜린, 채린아 아빠는 너희가 아빠에게 보여 준 따뜻한

마음을 너희가 만나는 친구와 앞으로 마주칠 모든 사람들에게 나눠 줄 수 있었으면 좋겠어. 특히 건강한 사람보다 질병이나 신체 장애를 가지고 있는 사람에게. 왜냐면 아빠도 직접 아파 보고 또 소리를 못 듣는 경험을 해보고 나서야 질병·장애와 함께 살아가는 게 쉽지 않다는 걸 머리가 아닌 몸으로 직접 느낄 수 있었어. 너희가 아빠에게 줬던 따뜻한 마음을 질병이나 장애가 있는 사람에게도 나눠 줄 수 있다면 작게는 한 사람이지만 많게는 힘을 얻은 그 사람의 주위를 포함한 더 많은 사람과 세상을 변화시킬 수도 있거든.

혜린, 채린아 아직 어린 너희에게 아빠가 너무 많은 걸 바라는 건 아닌지 모르겠다. 아빠의 당부는 잘 생각해 보고 무엇보다 아빠가 너희에게 정말 고마워하고 있다는 건 꼭 기억해 줘. 아빠는 더욱 건강해지도록 노력할게. 너희는 지금처럼만 커 줘. 아빠랑 우리 가족 더 재미있게 지내 보자.

아픈 몸으로 산다는 것

또다시 소리 없는 세계로

인공 와우에 한창 적응하던 중에 제동이 걸렸다. 외부 수음기를 착용하는 귀 뒤쪽 피부 부위에 통증이 생기더니 한쪽 귀에서 분비물이 조금씩 나오기 시작했다. 이러한 문제를 해결하려고 바로 2주 전 수술에 가까운 시술을 했음에도 동일한 증상이 재발했다.

결국 다시 한번 수술대에 올랐다. 이번에는 지난번의 경험 덕에 수술 방에 들어갈 때 차분히 주위를 돌아볼 여유가 있었지만 수술 과정의 통증에는 내성이 생기지 않았다. 국소마취를 하기는 했지만 살을 째고 염증을 제거하는 시술 과정은 교묘하게 고통스러웠다. 골수검사를 할 때는 주삿바늘이 뼈를 뚫고 들어오기에 무지막지한 통증이 한 번에 훅 지나갔다면 귀 쪽은 뇌와도 가깝고 신경이 많이 연결된 탓인지 통증의 크기는 상대적으로 작았지만 집요하고 성가셨다.

두 번이나 시술을 했으니 이제 더 이상 같은 문제는 없으리라는 기대를 안고 일상생활에 복귀했다. 그러나 일주일 새 같은 증상이 또 발현됐다. 외부에 노출되어 있고 귀 내부에 삽입된 이물질, 아직 100퍼센트 회복되지 않은 내 면역력 때문인지 그 누구의 속 시원한 대답도 듣지 못한 채 또 수술대에 올랐다. 한 달에 무려 세 번이나 수술대에 오르다 보니 수술 방으로 가는 복도가 흡사 회사 사무실로 향하는 복도처럼 느껴질 정도였다.

세 번째 시술 이후 주치의도 특단의 대책을 내렸다. 정맥에 주사하는 항생제 주사를 일주일 연속 처방했고, 외부 수음기와 머릿속에 심어진 내부 장치를 접속하게 해 주는 자력이 상처 부위를 악화시키는 요인이 될 수 있다는 판단 아래 당분간 외부 수음기를 착용하지 말라고 지시했다. 이 조치는 또다시 소리 없는 세계에 내 의사와 관계없이 입장해야 한다는 뜻이었다.

첫 번째 시술과 두 번째 시술을 했을 때는 수술 당일만 외부 장치를 착용하지 못하고 다음 날부터 수음기를 착용해 아빠를 이해해 줬던 첫째는 초반에 며칠 짜증을 냈다. 반면 여섯 살 둘째는 금세 아빠가 소리를 들을 수 없다는 게 아무런 문제도 안 된다는 듯 자신이 필요할 때 아빠를 손으로 톡톡 치고 손짓으로 오엑스를 해 가며 자신의 의사를 표현했다.

문제는 여기서 그치지 않았다. 이후 두 번 더, 총 다섯 번의 시술을 했음에도 귀에 자리잡은 염증은 없어지지 않았다. 귀 내부에 금속 성분의 도구가 삽입되었는데 그 기구에 세균이 자리잡으면서 기존 항생제에도 반응하지 않는 최악의 상황이 발생했다. 결국 완벽한 상처 치료를 위해 내부 장치를 제거하는 시술이 진행됐다. 이후 재수술은 2개월 뒤로 잡혔다. 다시금 나는 최소 60일간 소리를 듣지 못하게 됐다.

다행히 기계를 빼내자 상처는 빠르게 아물기 시작했다. 의외의 소득도 있었다. 아이들을 대할 때 평소보다 더욱 집중해서 보게 됐다. 예전에는 눈으로 책이나 휴대폰을 보면서 아이를 응대한 적도 있었지만 지금은 오롯이 아이의 표정과 행동을 보며 요구와 의사를 탐지하는 데 집중할 수 있었다. 아이들의 의사를 파악하게 해 주는 감각기관이 오로지 시각밖에 없기에 생긴 긍정적 변화다.

이 과정을 통해서 아이 얼굴의 미세한 변화와 신체적 동작의 특징도 알게 됐고 두 아이의 기질 차이도 뚜렷히 보게 됐다. 첫째는 화가 나서 이야기할 때 왼쪽 눈꼬리가 오른쪽보다 더 올라가고 둘째는 손으로 엑스자를 만들 때 양쪽 검지를 교차한다. 이렇게 한 단계 높아진 관찰력과 상황 맥락에 따른 대처 덕분에 아이들은 아빠의 청력 부재를 이상하게 생각하지 않고 받아들였다.

가정에서 문제는 이렇게 해결됐고 회사 일은 코로나 덕

분에 오히려 더 쉽게 풀렸다. 계속되는 확진자 발생으로 재택
근무체제가 연장되면서 집에서 일을 하게 됐다. 각종 보고와
업무는 원래부터 메신저를 통해 처리하다 보니 회사 관계자
와 직접적으로 통화할 일은 거의 없었다. 당분간 청력을 활용
하지 못하는 나에게는 다행이었다.

두 번째로 소리 없는 시간을 맞이하다 보니 청각을 처
음 잃었을 때의 당혹감은 사라지고 오히려 청각이 완전히 회
복되지 않은 상태에서도 웬만한 일을 해 나갈 수 있다는 작은
자신감이 생겼다. 1차 학습 효과 덕분인지 의사소통이 필요
한 상황에서는 주저없이, 지금은 소리를 들을 수 없다고 솔직
히 말했고 이후 필기, 제스처, 휴대폰 등을 이용해 내 의사를
전달하고 상대편의 말을 해석했다.

두 번째 청각 단절 시기는 설령 잘 듣지 못한다 해도 삶
이 멈추는 건 아니라는 걸 깨달으며 조금은 단단한 마음의 근
육을 키웠다. 여전히 모든 소리를 선명하게 들었던 시절의 내
가 불쑥불쑥 떠오르지만 돌이킬 수 없는 것에 대한 아쉬움도
조금은 옅어졌다. 청각이 부족하면 시각과 다른 감각으로 대
처하고 노년에 올 청력의 감퇴가 너무 이르게 온 것이라고 스
스로를 다독일 여유도 생겼다.

상처가 잘 아물고 재수술을 잘 끝내고 다시 외부 수음기
를 착용할 시간이 예전보다 더욱 간절히 기다려진다. 그때쯤

이면 불평과 아쉬움은 지금보다 줄어들고 감사한 마음과 현
상태를 수용하려는 마음은 커질 듯하다. 예전으로 돌아갈 수
없다는 상실감을, 아예 듣지 못하는 더 큰 불편함이 치유해 준
셈이다.

아이언맨을 꿈꿨지만
현실은…

인공 와우 수술을 하면서 기왕 몸에 기계장치를 삽입하니 이 수술 이후에 내 신체 능력이 평소보다 조금이라도 배가 되기를 소박하게 기대했다. 영화 속 아이언맨처럼 가슴에 원자로를 달고 날아다니지는 못하더라도 1980년대 외화 주인공 소머즈처럼 수술 전보다 멀리 떨어진 곳의 소리를 더욱 또렷하게 듣게 되는 진전이 생겨야 전신마취 수술을 하는 대가로 공평하다는 내 마음속 셈법이었다.

이러한 장밋빛 기대가 사라지는 데는 오랜 시간이 필요하지 않았다. 인공 와우 착용 이후 소리를 들을 수 있었지만 소머즈처럼 멀리서도 소리를 잘 듣는 능력은 고사하고 소음이 많은 식당에서는 앞자리 동료의 대화를 놓치지 않기 위해 정신을 집중하기 바빴다.

기계를 몸에 설치하면 손상된 신체 기능이 놀랍도록 복원되고 삶의 질은 좋아지면서 어떤 불편도 없는 삶은 영화에서나 가능했다. 모든 일에는 대가가 따른다. 실제로 나는 인공 와우 수술 이후 다섯 번의 시술과 6개월 뒤의 재수술, 일상생활에서의 각종 불편함을 감수해야 했다.

염증을 제거하는 시술 직후 상처를 보호하기 위해 양쪽 귀를 도톰하게 감싸는 바람에 귀고리형 마스크를 쓸 수 없었다. 다행히 간호사가 수술실에서 쓰는 마스크 끝에 밴드 대신 긴 줄이 좌우에 두 개씩 달린 마스크를 구해 왔다. 입 아래쪽 목에서 한 번, 이마 뒤쪽으로 매듭을 두 번 묶으니 다행히 마스크를 고정할 수 있었다.

마스크를 귀에 못 거는 불편함은 장애로 인해 겪어야 하는 여러 가지 부작용 중 빙산의 일각에 불과하다. 원래 내 것이 아닌 외부 물질을 신체에 삽입하거나 다른 보조 기구의 도움을 받는다는 것은 짠내 나는 노력과 수많은 부작용을 동반한다. 스펙터클한 장면을 축약해서 보여 줘야 하는 영화의 특성상 생략했겠지만 아이언맨의 일상생활을 다큐로 찍었다면 아마 인공심장 주위의 피부 염증과 각종 거부반응으로 고생하는 장면이 상당히 담겼을 것이라고 확신한다. 큰 질병에서 회복되거나 기계나 보조 기구를 착용하고 비장애인처럼 활동하는 사람들에게 "아픈 사람이라고 하면 안 믿겠어요.", "장애가 있는 줄 전혀 모르겠는데요."라는 말을 섣부르게 하지 않았으면 한다. 화자는 순수하게 칭찬하고 싶은 의도겠지만 현재 상태에 집중된 상찬은 아팠을 때나 보조 기구의 도움을 받지 않았을 때의 상태를 비정상으로 규정하고 지금의 상황을 유지하기 위해 당사자가 쏟아붓는 노력을 과소평가하고, 때로는 잊게 하기 때문이다.

삶의 중심이 흔들려도
페달을 밟는다

수술 이후 8개월 만에 처음으로 자전거 타기를 시도했다. 재수술을 거듭하며 청력은 여전히 불완전하지만 거의 8개월이 다 되어 가는 만큼 달팽이관이 제 기능을 못 하는 상태에 내 몸이 어느 정도 적응했으리라 기대했기 때문이었다.(귓속 평형기관의 기능이 손실되면 체성이라고 불리는 시각과 근육 등 다른 신체 기관이 그 공백을 자연스럽게 메운다고 한다.) 코로나로 집에서 심심해하는 아이들을 위해 자전거 뒤에 설치한 트레일러에 아이들을 태우고 달리고 싶다는 아빠의 욕심도 나를 부추겼다.

우선 트레일러를 빼고 아파트 초입에서 시운전을 했다. 역시 감각이 살아 있네 하는 순간 3초 만에 옆으로 꽈당 넘어졌다. 내 의지는 분명히 균형을 잡고 있는데 누군가 땅바닥에서 갑자기 나를 확 잡아당기는 느낌이 들었다. 어려서부터 자전거를 탄 이후 모험보다는 안전 위주의 운행을 한 성격이라

거의 30년 만에 크게 넘어진 것 같았다. 아스팔트에 쓸린 피부가 쓰라렸지만 '아, 내 평형감각은 예전과 같지 않구나.'라는 냉정한 현실이 나를 더욱 슬프게 했다. 중이염으로 인한 청력 손상이 내 삶의 균형마저 송두리째 흔들고 있다는 생각까지 들었다.

아이들에게 해 놓은 말이 있기에 어떻게든 이 상태에 적응해 보려고 노력했다. 신경을 더욱 집중하고 회전 반경을 최소화하면 더는 넘어지지 않을 것 같다는 계산이 섰다. 아이들 둘을 트레일러에 태우고 가까운 거리를 돌았다. 그동안 운동 부족으로 약해진 허벅지와 몸은 평지를 달리는데도 짐을 최대로 실어 숨이 가쁜 노새처럼 힘들어했다. 기왕 탄 김에 공원 쪽으로 방향을 살짝 틀었다. 아이들에게 더 재미있는 경치를 보여 주고픈 욕심에서였다. 과욕의 대가는 컸다. 평형감각이 덜 회복된 상태에 아이 둘을 태운 트레일러를 달고 달리다 보니 무게중심 잡기는 더욱 어려웠다. 도로가 약간 기울어진 횡단보도를 건너는데 자전거가 앞으로 나아가지 못하고 옆으로 기우뚱하기 시작했다. 평지에서도 속도가 안 붙는 곳을 지날 때는 핸들이 내 의지와 상관없이 자꾸 좌우로 꺾였다. 이러다 큰일 나겠다 싶어서 결국 내려서 페달을 밟는 대신 자전거를 끌기 시작했다. "아빠 달려."를 외치다 심드렁해진 두 딸의 표정이 안 봐도 선했다. 예전처럼 씽씽 달리지 못하는 자신이 안타깝고 아이들에게 괜히 미안해졌는데 다행히 두 딸은 트레일러 안에서 곤하게 잠들 었다. 이미 구겨졌지만, 애들은 덜 눈치챈 아빠의 자존심을 챙기려 아이들이 깰세라 재빨리 자전거를 힘겹게 끌고 집으로 왔다.

창고 방에는 7월에 큰마음 먹고 사 둔 로드 자전거가 서 있다. 몇 번 타 보지도 못했는데 기록적 장마가 거의 한 달간 계속되는 바람에 방에 고이 모셔져 있는 것이다. 거기에 갑작스러운 수술과 재활로 운동을 하지 못하게 되면서 자전거는 달린 시간보다 몇백 배 많은 시간을 그대로 서 있었다. 바퀴가 얇은 로드 자전거는 더욱 균형잡기가 어려운 탓에 일반 자전거를 타고도 쩔쩔맨 당시가 생각나 탈 엄두를 내지 못하는 시간이 지속됐다.

그러던 주말 일요일 집 안 대청소를 끝내자 아내가 아이들을 데리고 외출을 했다. 뜻밖에 생긴 자유시간을 어떻게든 활용해야겠다는 생각에 무턱대고 로드 자전거를 끌고 나왔다. 대신 넘어질 걸 대비해 긴 빕숏(자전거 전용 쫄바지)과 장갑을 착용했다. 만약 여기서 넘어지면 자전거는 한동안 쳐다보지도 못하는 트라우마에다가 회복될 수 없는 평형감각에 대한 원망이 나를 더욱 힘들게 할지도 모른다는 이성적 판단은 뜻밖에 생긴 자유시간을 어떻게든 활용해야 한다는 강박에 자리를 내주었다. '될 대로 돼라'는 심정으로 안장에 앉아 페달을 밟았다. 이미 된통 넘어진 기억 때문에 온몸이 긴장해서인지 의외로 앞으로 나아가기 시작했다. 자전거 도로에 조심스럽게 진입했다. 자신감이 붙자 속도를 조금 더 내 봤다. 예전처럼 바람을 가르지는 못했지만 일단 자전거 낙상 공포에서는 조금 벗어날 수 있었다.

내 인생은 궤도에서 크게 두 번이나 이탈했다. 1차로 세 번 발병한 혈액암과 이후의 급성중이염으로 청력과 평형감각 손상이라는 2차 사고가 생겼다. 자칫하면 원 궤도에 다시 돌아오지 못할 위기의 순간이었다. 그래도 '꾸역꾸역' 나는 넘어졌다 일어서기를 반복하고 이탈한 궤도를 수정하며 원래 궤도를 향해 삶의 페달을 돌리고 있다. 자꾸 재발하는 귓속 염증과 나도 모르게 누적된 심리적 피로감은 페달 돌리기를 멈추라고, 굳이 왜 힘들게 다시 레이스에 복귀하느냐고 회유하기도 한다. 힘들고 지칠 땐 잠시 쉬더라도 정신과 몸의 기운이 보강되면 나는 다시 어떻게든 내 삶의 페달을 돌릴 것이다. 페달을 멈추면 자전거는 영영 멈춘다. 대신 페달을 계속해서 돌리면 가끔 넘어지고 다른 길로 빠질 순 있지만 어떻게든 앞으로 나아간다. 이 방식이 긴 어둠의 터널을 지나는 동안 나를 지탱해 온 힘이자 과거의 나였고 지금의 나이고 앞으로의 나다. 이번 주말에는 조금은 멀리 가 보고 싶다. 아

내가 애들을 데리고 외출을 나가는 행운의 시간이 또 오길 기
대해 본다.

전신마취와
죽음의 두려움에 대하여

　4년여간 투병 생활을 하면서도 나는 전신마취를 해 본 적이 없었다. 큰 병치레를 하지 않는 사람이라면 당연히 전신마취를 할 이유가 없다. 나는 중병이라고 할 수 있는 백혈병이 세 번 발병했지만 고형암이 아닌 혈액암으로 투병을 했기에 긴 치료 기간 소위 말하는 절제나 전신마취 수술을 하지 않았다.

　그동안 몸에 크게 칼을 댄 적이 없다는 환자 경력도 나름의 소박한 자부심이었는데 최근 6개월 사이에 전신마취 수술을 세 번이나 했다. 다행히 생사를 위협하는 질병이 아닌 급성중이염과 청력 회복을 위해서였지만 염증 부위가 귀 내부이고 또 인공 와우 장치를 귀 안쪽에 삽입해야 하는 고도의 정밀 작업이 필요해서 전신마취를 피할 수 없었다.

　전신마취의 느낌을 이해하려면 프로포폴을 맞고 하는 수면내시경 검사를 생각하면 된다. 잠깐 눈을 감았다가 떴더니 검사가 끝나 있다거나, 몽롱한 의식 속에 도대체 검사는 언제 하는 건가 하며 기다리다가 검사 끝났으니 일어나시라는 말을 듣고 황당했던 경험은 누구나 한 번쯤 해 봤을 것이다. 전신마취는 여기서 더 나아가 한동안 의식이 완전히 끊기고 시간의 흐름을 가늠할 수 없다. 이번 수술도 오전 8시에 시작했는데 깨어 보니 오후 3시였다. 일곱 시간이나 마취에 취해 있었지만 나는 그 시간의 무게를 전혀 기억하지 못했다.

개인적 경험을 떠올려 보면 전신마취가 이루어지는 과정은 다음과 같다. 이동 침대에 몸을 맡긴 채 의료진이 모여 있는 수술 방으로 옮겨진다. 수술대 위에 눕고 손과 발을 고정한 후 수술이 시작되기 전 마취 담당의가 가스가 나오는 마스크를 내 입과 코 주위에 가까이 댄다. 소독약 냄새가 나는 공기를 천천히 들이마시다 순간 내 의식은 멈춘다. 전신마취에서 깨어나려면 의료진이 몸을 흔들어 깨워야 한다. 마취 시간이 길수록 당연히 폐와 몸에 마취 가스가 많이 남아서 속이 울렁거리고 더부룩하다. 몸 상태는 잠을 자는 과정과 비슷하지만 대신 꿈은 꾸지 않는다. 호흡도 자가호흡 대신 인공호흡기를 입에 물고 한다. 그래서 전신마취 전에 치과 쪽에서 임플란트를 한 곳은 없는지 입속에 다른 상처는 없는지 꼼꼼히 검진을 한다. 마취가 끝나면 양쪽 어금니 주변 근육이 얼얼하다. 호스를 입에 물고 필사적으로 호흡을 했기 때문일 것이다.

이런 장황한 설명을 길게 쓴 것은 전신마취가 풍기는 묘한 두려움을 묘사하기 위함이다. 일반적으로 동일한 일을 반복하게 되면 좋든 싫든 경험치가 쌓인다. 통증, 고생, 힘듦 등 신체에 남아 있는 흔적은 같은 일이 반복될 때 그 일에 대한 두려움을 일단 감소시켜 준다. 하지만 전신마취는 다르다. 현대 의학의 놀라운 발달과 수술실에서 내 바이탈을 항상 모니터링하는 의료진이 있음에도 불안감은 사라지지 않는다. 그 두려움의 근원은 전신마취가 죽음에 가장 가까운 임사체험이기 때문인 것 같다. 혹여나 내가 다시 깨어나지 못하면 어쩌나 하는 불안을 떨칠 수 없는 이유다.

신체에 대한 통제력을 상실하고 의식마저 지워진 상황. 전신마취는 죽음을 미분한 편린이 아닐까 싶다. 다만 높은 확률로 일시적 죽음 상태에서 돌아올 수 있다는 것이 위안을 찾을 수 있는 다른 점이다. 그리고 이 정지된 시간을 잘 견디면 더 많은 삶의 기회를 얻거나 삶의 질이 높아질 확률이 커진다. 전신마취에 대한 두려움을 이겨 내려면 이순신 장군의 "필사즉생(必死則生) 필생즉사(必生則死)"를 암송하며 의지를 다져야 하나 하는 부질없는 생각이 떠오르기도 한다.

이제 곧 세 번째 전신마취 수술이다. 남은 인생에서 전신마취를 더 이상 하지 않기를 소망해 본다.

'성실함'이 만들어 내는
'불굴의 용기'

얼마 전 마음에 드는 영어 단어 하나를 추천받았다. 어감도 좋고 단어가 발화되면 화자도 그 단어가 주는 유무형의 아우라에 감싸이며 한껏 고양된 느낌을 느끼게 된다. 그 단어는 바로 fortitude, 불굴의 용기 정도로 해석하면 될 듯하다. 이 단어가 나에게 특별하게 다가온 건 지금 나에게 가장 필요한 덕목이기 때문이다. 혹시 약해질지 모르는 나를 이 단어가 지켜 주기를 바라는 마음이 더 솔직한 심정일 것 같다.

4년간의 투병과 감격스러운 1년간의 복직. 그리고 갑자기 발병한 급성중이염과 패혈증으로 인한 입원, 여기에 인공 와우 수술마저 두 번 해야 했던 불필요하게 다채로운 투병 경력은 나에게 fortitude라는 갑옷을 요구하고 있다.

이처럼 멋진 fortitude를 가슴에 항상 품고 위풍당당하게 살고 싶지만 삶은 항상 계획대로 흘러가지 않는다. 인공 와우 2차 수술을 잘 끝내고 청력 재활을 시작하기 위해 통원 치료를 하며 몸 상태를 점검하고 있을 때였다. 재택근무 중 갑자기 몸에 오한이 몰려왔다. 온몸이 사시나무 떨리듯 떨렸고 여지없이 지독한 고열이 찾아왔다. 다행인 것은 미국에 있던 동생이 때마침 한국을 방문했고 자가 격리를 끝내고 나와 함께 있었다는 것이다.

동생과 함께 기존에 다니던 병원의 응급실로 향했다. 다행히 지난 토요일에 미열기가 있어서 혹여나 하여 월요일에 코로나 검사를 받아 둔 것이 위안이 됐다. 코로나 음성 결과 확인증이 없으면 병원에 입원할 수 없다. 동생 역시 자가 격리 종료를 위해 전날 코로나 검사를 받았기에 자동적으로 입원환자 보호자 자격이 되어 빠르게 수속을 밟고 입원을 했다.

가장 큰 문제는 80 밑으로 떨어진 혈압과 40도를 넘는 고열이었다. 고열은 혈관을 수축시켜서, 간호사들이 쉽게 찾을 수 있어 몇 안 되는 나의 자랑거리가 되어 주었던 팽팽한 혈관들을 다 숨겨 버렸다. 수액과 약물을 투여할 혈관을 찾기 위해 나는 양쪽 팔과 손목 등 수많은 신체 부위를 주삿바늘에 헌납해야 했다. 몇 차례 시행착오 끝에 혈관을 잡고 수액을 퍼부어도 혈압은 올라갈 기미가 없었다. 결국 목에 긴급하게 중심정맥관(중심정맥은 손이나 발 등에 위치한 작은 말초 정맥과 달리, 몸통에서 연결되어 심장으로 들어가는 큰 정맥을 통칭한다. 매번 치료 시 정맥주사를 위한 별도의 혈관 확보가 필요 없이 지속적으로 사용할 수 있는 장점이 있다.)을 잡고 각종 항생제와 강심제가 처방된 후에야 바이탈이 정상을 되찾았다.

인공 와우 재수술의 원인이 되었던 2차 감염을 막기 위해 선제적으로, 그리고 수술 후에도 오랫동안 항생제를 맞은 터라 백혈구 수치가 떨어진 틈을 타 악당 균이 몸속에 침입해 초기 패혈증을 일으킨 것이다. 다행인 건 지난해 여름에는 의식을 잃을 정도로 패혈증이 빠르게 퍼졌는데 이번에는 입원 사흘째에 조기 진압할 수 있었다는 것이다.

약 2주간의 입원을 거친 후 퇴원을 했고 재택 근무와 가벼운 걷기 운동을 할 수 있을 정도로 몸 컨디션도 올라왔다. 그럼에도 재수술까지 한 마당에 다시 입원을 해야 할 때는 순간 무력감과 함께 건강하지 못한 내 신체에 대한 원망이 치솟았다. 왜 이렇게 힘든 과정을 거쳐야 하느냐고 누군가에게 따져 묻고 싶기도 하고 친한 친구에게 정말 힘들다고 펑펑 울며 하소연하고 싶기도 했다. 하지만 그런 마음을 고쳐먹고 누구에게도 기대지 않고 스스로를 추스른다. 내 삶을 쌓아 온 '무던한 성실함'이 지금의 나를 지탱해 왔음을 내 몸과 의식이 기억하기 때문이 아닐까 정도가 내가 찾은 조촐한 해답이다.

매력적인 '불굴의 용기'는 하루아침에 만들어지지 않는다. 단단한 토대를 바탕으로 육중한 건물이 만들어지듯, 지금처럼 끝없이 다가오는 위기와 고통에 때로는 쓰러지더라도 절대 포기하지 않고 끈질기게 일어서는 경험과 이를 바탕으로 한 소박한 승리가 차곡차곡 쌓일 때 비로소 '불굴의 용기'가 싹을 틔울 수 있다. 그래서 나는 오늘도 절망과 포기의 늪에서 발을 빼고 한 걸음씩 걸음을 옮긴다.

발칙한 상상,
귀를 집에 놓고 왔는데요?

사람은 적응의 동물이라고 했던가. 처음에는 답답해서 견딜 수 없었던 소리를 듣지 못하는 상황에 내 몸은 빠르게 적응했다. 계속되는 1차, 2차 청력 수술 준비를 하는 동안 시차를 두고 200여 일 정도를 소리 없이 지냈다. 그래서일까, 2차 재수술을 끝내고 상처가 아물어서 인공 와우 기계만 착용하면 소리를 들을 수 있는 상황이 되어서도 이제는 내가 마음만 먹으면 소리를 들을 수 있다는 걸 깜빡하는 경우가 많다.

최근에도 버스 정류장에 거의 다 와서, 택시를 불렀다가 타기 직전에야 내 청력(인공 와우 기계)을 집에 놓고 온 걸 깨닫고 황급히 집으로 되돌아가는 일이 반복되고 있다. 평소에는 너무나 당연해서 의식할 필요조차 없던, 눈으로 보고 귀로 듣는 기본적 신체 기능을, 외부 기기의 도움을 받아야 한다는 건 쉽게 익숙해지지 않는 일이다. 비록 이 고마운 기계의 도움으로 소리 없는 세상에서 벗어나기는 했지만 이와는 별개로 매

213

일 밤 잠들기 전 휴대전화처럼 귀(인공 와우 기계)를 충전하고 외출하기 전 꼭 챙겨야 하는 절차는 가욋일이자 스트레스다.

이렇게 귀를 매일 붙였다가 떼기를 하다 보니 문득 별주부전의 토끼가 떠올랐다. 토끼는 용궁 구경을 시켜 주겠다는 별주부의 꾐에 빠져 용왕의 치료제로 자신의 간을 빼앗길 뻔한 절체절명의 위기를 맞았다. 그 순간 간을 노리는 사람이 너무 많아서 간을 빼놓고 왔다는 기지를 발휘해서 목숨을 건졌다. 나 역시 토끼처럼 내 청력을 핑계로 위기를 벗어날 방법이 있지 않을까 하는 생각을 해 본다. 출근하자마자 갑자기 닥친 산더미 같은 업무를 일순간이라도 피하려고 "죄송한데 제가 급하게 나오느라 귀를 놓고 왔습니다."라고 말하는 거다.

토끼는 자기 몸속에 엄연히 있는 간을 없다고 거짓말했지만 내가 인공 와우를 집에 놓고 회사에 출근했다면 진실로 귀를 집에 놓고 온 셈이고 개연성도 충분하다. 자초지종을 설명하면 내가 청력 수술을 했다는 사실을 몰랐거나 잠시 잊었던 상급자도 나를 꼼짝없이 집으로 돌려보내야 할 것이다. 지갑이나 휴대폰을 놓고 왔다면 하루 정도 불편을 감수할 수 있지만 귀를 놓고 온 사람은 경우가 다르다. 다만 칠칠치 못하다는 따가운 시선과 내게 청각 장애가 있다는 사실을 주위에 다시 한번 각인시킨다는 점은 감내할 각오를 해야 한다.

토끼는 무사히 탈출했고 별주부에게 본인의 간 대신 인삼을 추천해서 용왕의 병도 고치고 별주부의 위신도 세워 줬다. 장애가 없는 사람들만 주로 선택받아서 일하는 한국의 직장 사회에서 내 역할은 무엇일까 고민해 본다. 지금까지 18년간 기자로 활동한 경험을 돌아보니 회사 내에서 장애 혹은 신체 기능 일부에 손상이 있는 사람과 일해 본 경험이 전혀 없없다. 지금까지는 내가 당사자가 아니어서 그 상황을 전혀 인식하지 못했을 수도 있다.

코로나로 인한 재택근무가 풀리고 출근 업무가 정상화되면 1년에 한 번 정도 귀를 일부러 집에 놓고 오는 발칙한 상상을 해 본다. 신체 기능 일부의 손상이 노동력의 절대적인 상실을 의미하지도 않고 장애가 있는 사람도 얼마든지 내 직장 동료가 될 수 있음을 환기하는 작은 일탈이, 장애 없는 신체가 직장 생활의 필요조건처럼 되어 버린 장애 비친화적인 한국의 기업 환경에 내가 낼 수 있는 현실적이고도 작은 균열이 되지 않을까.

내 안의 공포와 슬픔을
솔직하게 마주하기

　　내 몸은 지난 5년간 세 번의 혈액암 발병과 세 번의 전신 마취 수술이라는 험난한 전투를 치렀다. 그런데도 나는 고통의 순간을 굳이 대외적으로 언급하지 않았다. 내 상세한 고통을 공개할 기회는 많았다. 3년간의 투병기를 엮어 책으로 냈지만, 고통과 절망 등 내 감정에 대한 묘사는 되도록 간략하게 기술했고 다른 사유와 감정을 더 많이 담았다. 자유롭고 개인적인 공간인 SNS에서는 오히려 더 담담하고, 건조하게 상황을 전달했을 뿐이다. 내가 힘들다는 걸 굳이 외부에 자세하게 공개하지 않은 가장 큰 이유는 우선 아프고 힘들다는 토로가 종국에는 나약함의 상징으로 인식되는 우리 사회의 풍토가 탐탁지 않았기 때문이다. 또 마음을 담은 응원과 선한 이들의 공감을 일거에 상쇄하는 악성 댓글의 가능성도 나의 감정을 드러내기보다는 오히려 절제하는 방식을 택하게 된 배경이었다.

그러다 최근 왈칵 눈물이 쏟아지며 이대로 무너져 버릴 것 같은 큰 감정의 파고를 겪었다. 암이 네 번째 재발하거나 생사를 넘나드는 위기의 순간이 다시 닥친 것도 아니었지만 갑작스레 찾아온 마음의 동요는 나를 혼란스럽게 만들었다. 도대체 왜 이렇게 사소한 작은 충격에 몸과 마음이 송두리째 흔들렸는지 근원을 찾기 위해 나는 내면의 나와 마주하기로 했다.

오랜 사색 끝에 범인은 나의 몸과 정신을 혹독하게 채찍질한 나 자신인 것 같다는 생각이 들었다. 암이 재발하거나 전신 마취 수술을 할 때마다 약해져서는 안 된다는 강력한 주문을 외우며 스스로를 다그쳤다. 덕분에 병원에서 빨리 퇴원할 수는 있었지만 몸과 마음이 고통과 슬픔을 차분하게 마주할 시간을 억지로 빼앗은 셈이다. 그래서 더 늦기 전에 나의 감정과 가장 솔직하게 대면할 수 있는 글쓰기로 그동안 억눌러 왔던 공포와 슬픔의 순간을 다시 마주하려고 한다.

내가 투병 생활을 시작하며 잊을 수 없는 첫 번째이자 절대적인 공포의 순간은 2015년 10월 27일 동네 종합병원의 화장실이었다. 당시 의사는 나에게 백혈병일 것 같다는 초진을 내리며 아무렇지도 않게 "내 친인척도 백혈병으로 사망했지."라는 말을 했다. 대화의 맥락은 희미하지만, 그 구절은 뇌

리에 선명하게 남아 있다. 이후 진료실을 나와 화장실에 갔
는데 하염없이 눈물이 쏟아졌다. 영화에서나 보던 백혈병 환
자가 바로 내가 됐고 죽음이라는 단어가 소설, 신문 기사, 통
계의 확률이 아니라 바로 내 삶의 영역에 자리하게 됐다는 걸
도저히 믿을 수 없었다. 이후 가족에게 약한 모습을 보이기
싫어 울음을 꾹 삼키고 응급실로 가기는 했지만, 그 순간 느
꼈던 절망의 깊이는 심연의 바다처럼 가늠할 수도 없고 다시
떠올려도 공포스럽다. 지금도 매해 10월 말이 되면 당시의 공
포가 무의식 속에 떠오르며 조금만 몸이 좋지 않으면 바짝 긴
장하게 된다.

두 번째 슬픔의 순간은 몇 개월 전이었다. 1차 인공 와우
수술 이후에 갑자기 발생한 귓속 염증 제거 수술을 할 때였
다. 간단한 시술이라고 안내받았지만 내가 도착한 곳은 당일
수술실이었고 전신마취만 안 했을 뿐 부분마취를 한 후 피부
를 절개하고 내부 염증을 제거하는 시술이 이루어졌다. 피부
를 자르고 조직을 절개하는 메스의 통증은 참을 수 있었다.
시술이 거의 끝나 갈 무렵 눈을 덮었던 가리개 천이 사라지
고 수술 방 벽에 있던 시계가 눈에 들어왔는데 갑자기 눈물
이 솟았다. 당시 나는 간단한 시술이라는 안내를 믿고 회사
에 하루 전체 휴가가 아니라 반차만 낸 상태였다. 오후에는
큰아이가 학교 수업을 끝내고 돌아올 예정이어서 간식도 챙

겨 주고 회사 업무를 하면서 이후에 저녁 식사도 챙겨야 했다. 예상치 못한 일정이라 당장 누구에게 도움을 청하거나 회사에 연락해 휴가를 연장할 수도 없었다. 수술대 위에 이렇게 누워 있는 사람이 두 시간 뒤에는 아무 일 없었다는 듯이 일상 업무를 고스란히 해야 하는 현실이 답답했고 순간 나 자신이 서글펐다. 환자로서 짊어져야 할 짐은 그 누구도 대신 나눠 가질 수 없는 냉혹한 현실이 극도로 외로웠다. 눈물이 다 마르고 수술이 끝났을 때 감정을 다시 추스르고 못 할 것 같던 일상의 업무를 수행했다.

오랜 기간 아픈 몸으로 살아가면서 어쩌면 내 감정을 필요 이상으로 억누른 건 아닐지 자문해 본다. 정신 똑바로 차리고 하루빨리 퇴원할 준비를 하라고 닦달한 덕분에 일상에 빠르게 복귀했지만 성급하게 봉합된 슬픔, 공포, 연민은 언제 터질지 모르는 시한폭탄처럼 내 마음 깊은 곳에 자리잡았을 수도 있다.

이제는 무조건 긍정적 사고로 미래만을 생각하는 게 능사가 아니라는 생각이 든다. 슬픔과 공포는 있는 그대로 직면하고 그럼에도 찾아오는 좌절은 마음이 이겨 낼 충분한 시간을 줘야겠다. 인생이라는 긴 레이스를 아픈 몸으로 살아가는 나에게 필요한 건 내 감정을 있는 그대로 인정하는 솔직함과 감정의 파고가 잦아들 때까지 조급해하지 않는 여유인 것 같다. 슬퍼질 땐 눈물을 흘리고 두려울 땐 그 공포가 옅어질 때까지 차분히 기다려야겠다.

장애로 얻은 새로운 소속감

2차 수술을 끝내고 외부 수음기를 착용하면서 나는 과거 생활로 차츰차츰 복귀하고 있다. 그럼에도 나의 신체는 법적으로 과거와는 다른 상태가 됐다. 인공 와우를 착용하지 않으면 소리를 전혀 들을 수 없기에 현행법상 청각 장애인 자격이 생겼다. 각종 의료비 지원 혜택이 있는 청각 장애인 자격을 받으려면 전문 이비인후과에서 청각 기능을 측정하는 정밀한 검사를 세 차례 받고 해당 서류를 거주지 동사무소에 제출해야 한다.

근무가 없는 날 점심시간을 골라 동사무소로 향했다. 내 예상과 달리 창구 대기 인원은 20여 명이 넘어서 30분은 족히 기다려야 할 것 같았다. 점심시간이라 동사무소 직원들도 교대로 식사를 하는 듯 민원 창구 인력도 반 정도만 남아 있었다. '한참 기다려야 할지도 모르겠네.'라는 생각을 하다가 긴급지원이라는 푯말이 붙은 창구 쪽에 직원이 자리에 앉는 게 보였다. 등기부등본이나 신분증, 확정일자 같은 일반 업무들은 통합 민원 창구에서 처리하지만 지금 내가 신청하는 업무는 희귀하기에 담당 부서가 이쪽이 맞지 않을까 싶어서 말을 건넸다.

"저는 일단 통합 민원 창구 순번표를 뽑았습니다. 그런데 제가 오늘 온 목적은 장애인 자격 신청을 위해서거든요. 통합 민원 창구 순번을 기다리면 될까요? 아니면 이 창구에서 처리하는 게 맞나요?"라고 물었다. 담당자는 "본인이 신청하시는 건가요?"라고 되물었다. "네, 제가 본인입니다. 인공 와우 수술한 지 얼마 안 되어서 상담 도중 목소리를 잘 못들을 수도 있어요."라고 답했다. 그러자 "괜찮습니다. 혹시 안 들리시면 종이에 써 드릴게요."라는 답변이 돌아왔다.

서류를 접수하기 위해 의자에 앉았는데 담당자의 오른쪽 손이 눈에 들어왔다. 오른쪽 팔목부터 손가락이 있어야 할 자리는 비어 있었고 하얀 손수건이 팔목 부분을 감싸고 있었다. 담당자는 한 손으로 서류를 받았다. 병원 직인이 찍힌 상태로 테이프로 밀봉된 서류를 확인하기 위해 손이 없는 쪽 팔목으로 봉투를 능숙하게 누르며 한 손으로 문구용 칼로 봉투를 열고 서류를 꼼꼼히 확인했다.

과거의 나라면 '공공기관이라 장애인이 일할 수 있는 여건이 비교적 잘되어 있구나.' 정도에서 생각이 멈췄을 것이다. 하지만 나는 담당자가 서류를 받아 드는 순간 그의 장애를 확인하면서 묘한 안도감을 느꼈다. 본인도 장애를 가지고 있는 만큼 내 입장을 더 잘 이해해 줄 거라는 근거 없는 믿음이 생겼기 때문이다. 통합 민원 창구에서 순서를 기다리게 하는 대신 먼저 서류를 선뜻 접수해 준 것이 업무 매뉴얼에 맞는 민원인 응대 원칙일 수도 있지만 나의 장애를 확인한 그의 선의가 아닐까 하는 생각마저 들었다. 그리고 내 질문에 친절하게 대답해 주는 눈빛에서 종류는 다르지만, 장애인으로서 공감대가 형성된 느낌마저 들었다.

청력 수술 이후 지금까지 나는 장애는 어디서든 배제를 경험하게 만드는 조건이자 상실감을 만드는 요소라 생각했다. 그러나 서류를 접수하면서 장애가 연대의 조건이자 새로운 범주의 집단과 공감을 형성하는 기제가 될 수 있다는 걸 느꼈다. 내가 청각 장애를 경험하지 않았더라면 평생 느끼지 못할 감정이었을 수도 있다. 비록 새로 속하게 된 그룹이 작고 현실 사회에서 소외당하고 있더라도 서로의 상처를 응원하고 도와줄 새로운 범주의 사람들이 있다는 자각의 순간은 소중했다.

살아온 기적 살아갈 성실함
: 하늘에 계신 장영희 교수님께

장영희 교수님 안녕하세요. 이제야 교수님이 쓰신『살아온 기적 살아갈 기적』100쇄 기념판을 읽은 지각 독자가 인사드립니다. 우선 어쭙잖은 책 한 권을 내 본 저자로서 100쇄를 축하드립니다. 교수님은 당신의 글로 "독자들과 같은 배를 타고 싶다."라고 하셨잖아요. 그 소망이 계속 이어지고 있는 증거이니만큼 하늘에서 흐뭇해하실 것이라고 생각합니다.

교수님, 만약 살아 계셨다면 저와 더 많은 이야기를 하고 암 투병 동료이자 에세이 작가 선후배가 될 수 있었을 것 같은데 너무나 아쉽습니다. 비록 교수님과 제가 나이 차이는 제법 나지만 대학생 제자의 고민부터 친구, 샘터 독자를 아우르는 폭넓은 소통 범위를 생각하면 교수님과 저도 친해질 수 있었을 거라는 생각이 듭니다. 제가 교수님께 중이염 수술로 소리를 못 들어 힘들다고 하면 "이봐, 황 기자. 우린 더 힘든 수십 번의 항암 치료와 죽음도 건너왔는데, 그까짓 거 가지고 뭘 엄살이야."라고 핀잔을 주셨을 것 같기도 합니다.

교수님, 저는 책을 읽으면서 제가 표현하고 싶었던 감정을 교수님이 적확한 단어와 명징한 문장으로 구현해 주신 부분이 특히 좋았습니다. 저 역시 사람들이 어떻게 세 번의 암 발병에도 다시 복귀할 수 있었느냐고 묻는데요, 그때마다 저는 명확한 답을 찾지 못하고, 그저 환자로서 제가 해야 할 일을 열심히 했다고만 말하곤 했습니다. 그러다가 교수님이 "하루하루를 성실하게 열심히 살며 잘 이겨 냈다."라고 쓰신 문장에서 답을 찾았습니다. 저 역시 실망과 좌절의 순간이 있었지만 그 감정에 침몰하지 않고 항상 하루하루를 열심히 살아왔던 것 같습니다. 한 번 좌절을 겪고 일어서다 보니 두 번째 고통이 왔을 때 방황의 시간은 첫 번째보다 줄어들었고요. 이런 이야기하면 교수님이 "맞아, 나도 그랬어."라고 손뼉을 치며 웃어 주실 것 같은데요.

그리고 교수님 제가 요즘 200일간 청력을 상실한 경험이 있다 보니 청각 장애인에 대한 관심이 많아졌습니다. 그리고 이와 관련한 책도 쓰고 있는데요. 원고를 쓰면서 청각 장애인이 농인이라는 주체적인 호칭을 선호하고 수어를 쓰는 문화를 이해하면서도 혹 이것이 폐쇄적인 문화가 되는 것 아닐까 하는 우려도 있었는데, 이 문제도 선생님의 글에서 해결의 실마리를 찾았습니다.

장애인이 '장애'인이 되는 것은 신체적 불편 때문이라기보다는 사회가 생산적 발전의 '장애'로 여겨 '장애인'으로 만들기 때문이다. 무엇을 못 해서가 아니라 못 하리라고 기대하기 때문이다. 그 기대에 부응해서 장애인이 되는 것이다. 하지만 그것은 단지 신체적 능력만을 평가하는 비장애인들의 오만일지도 모른다.

사람들은 신체 장애를 갖고 살아간다는 건 끔찍하고 비참하리라고 생각하지만, 그렇지 않다. "이 없으면 잇몸으로 산다."는 말이 있듯이 나름대로의 삶의 방식에 익숙해져서 그런대로 불편함을 느끼지 않는다. 난 남들이 '장애인 교수' 운운할 때에야 '아참, 내가 장애인이었지.' 하고 새삼 깨닫는다.○

교수님은 항상 글의 멋진 마무리를 고민한다고 하셨죠. 저는 이렇게 글을 매듭지어 보려고 합니다. 교수님은 '살아온 기적'을 보여 주셨고 또 남기신 책으로 '살아갈 기적'을 지금도 만들고 계십니다. 저는 '살아온 기적'을 바탕으로 제가 지금껏 해 온 것처럼 하루하루 '살아갈 성실함'으로 인생을 채워 가겠습니다. 아주 먼훗날 같이 뵙고 함께 '살아온 기적'을 이야기하고 싶습니다.

○   장영희, 정일 그림, 『살아온 기적, 살아갈 기적』(샘터, 2019).

닫는 글

당연한 것은 없다

최근 내게 새롭게 다가온 화두는 '세상에 당연한 건 없다'라는 명제다.

규칙적인 생활과 운동 관리, 그 누구보다 긍정적인 태도로 살아오면서 나는 내가 건강한 신체를 유지하며 별 탈 없이 살 거라는 걸 의심하지 않았다. 하지만 30대 중반에 갑작스레 찾아온 세 번의 혈액암은 내 건강에 대한 낙관적 긍정이 얼마나 허망할 수 있는지를 일깨워줬다. 이후 긴 공백 끝에 복직한 후 더 철저한 관리를 해 왔음에도 갑자기 발병한 급성중이염은 질병이 사람의 의지와 노력으로 조절하고 극복할 수 없는 성질의 것임을 깨닫게 했다.

급성중이염 치료 과정 중에 겪은 청각 장애는 인간의 기본적 신체 기능에 대한 내 고정관념도 바꿔 놓았다. 눈으로 보고 귀로 듣고 코로 숨 쉬고 두 발로 걷는 당연한 일이 누구에게는 당연하지 않을 수 있다. 인공와우 수술 직전까지 소리 없는 세상 속에서 살아간 후에야 우리 사회에 쉽게 눈에 띄지 않았던 시각, 청각, 지체 장애인의 삶이 내 눈에 들어왔다.

소리를 들을 수 없는 기간 동안 내가 도움을 받을 수 있었던 장애인 편의 시설과 제도의 역사를 살펴보며 이 성과가 당연하게 부여되지 않았음을 배웠다. 장애인 권익 천국이라고 불리는 미국 역시 오랜 시간 장애인과 시민운동 단체들의 지속적인 투쟁과 노력을 통해 현재 누리고 있는 권리를 힘겹게 쟁취해 왔다.

한국 사회에서 특히 더딘 소수자와 장애인의 삶을 바꾸는 제도 개선 역시 낙관적 기대만으로는 이뤄지지 않는다. 우리나라의 저상버스와 지하철 엘리베이터 역시 장애인 운동단체들이 쇠사슬을 두르고 도로와 버스를 점거하고 지하철 선로에 몸을 던진 덕분에 그나마 도입 시기가 빨라졌다. 잊을 만하면 반복되는 정치인의 질병과 장애를 비유한 표현. '눈뜬 장님 정부', '절름발이 정책', '암유발 야구'…… 언론과 인터넷상에서 버젓이 사용되는 표현들은 한국사회의 인권 시계가 거꾸로 가는 게 아닌가라는 생각마저 들게 한다.

이 부당함을 조금이나마 바꾸는 건 행동이다. 나도 달라지려고 한다. 순간 싸해지는 분위기가 두려워 용인했던 질병이나 장애 혐오적인 표현은 적극적으로 지적할 것이며 소수자와 장애인을 배려하지 못하는 건물, 제도, 정치, 방송 등 모든 분야에서 내가 할 수 있는 변화를 만들기 위한 최대치의 노력을 할 계획이다.

　이런 내 작은 실천이 '아픈 건 아픈 사람 잘못이 아니다'라는 딸의 생각이 틀리지 않다는 걸 증명하고 질병과 장애로 움츠러들었던 사람들이 밖으로 나올 수 있는 통로를 조금이나마 넓힐 수 있는 디딤돌이 되기를 희망한다. 급성중이염으로 청력은 약해졌을지 몰라도 차별을 내포한 제도를 인식하는 인권 감수성은 더욱 기민해졌다. 고통과 불편을 겪고 더 커진 마음의 공감 능력으로 질병과 장애에 위축되지 않고 세상과 용감하게 부딪쳐 보겠다고 나에게 다짐한다. 아픈 건 내 잘못이 아니니까.

다시 말해 줄래요?

1판 1쇄 찍음 2022년 4월 1일
1판 1쇄 펴냄 2022년 4월 8일

지은이 황승택
발행인 박근섭, 박상준
펴낸곳 (주)민음사

출판등록 1966. 5. 19 (제 16-490호)
서울특별시 강남구 도산대로 1길 62(신사동)
강남출판문화센터 5층 (우편번호 06027)
대표전화 02-515-2000
팩시밀리 02-515-2007
www.minumsa.com

978-89-374-4260-5 (03810)

잘못 만들어진 책은 구입처에서 교환해 드립니다.